セシル文庫

ツインズベイビィは今日もご機嫌！

伊郷ルウ

イラストレーション／あしか望

ツインズベイビィは今日もご機嫌！◆目次

ツインズベイビィは今日もご機嫌！

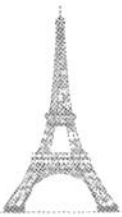

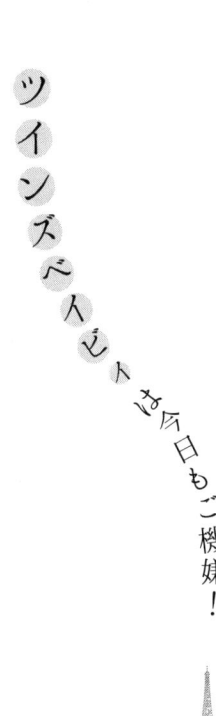

第一章

ようやく太陽が西に傾き、青々と広がっている空の色が少しずつ変わり始めている。

セーヌ川の向こう岸に建つノートルダム大聖堂の細く尖った塔が、色づいた空を背景にくっきりと浮かび上がっていた。

午後の五時を過ぎているというのに、パリの街はまだ明るい。陽気がよくなってくると同時に、陽が沈むのがどんどん遅くなる。夜の帷《とばり》が下りるのは九時近くになってからだ。

世界各国から観光客が訪れるパリには、数え切れないほどのカフェがある。

パリ四区のヴォージュ広場からほどない場所にあるオープン・カフェ〈ベルジュ〉も、そうした数ある中のひとつだ。

けれど、ここにはごくまれにしか観光客は立ち寄らない。〈ベルジュ〉があるのはひっそりとした裏通りで、街をよく知らない者が足を踏み入れるには、勇気を必要とする雰囲気が漂っているからだ。

赤茶色の煉瓦《れんが》で造られた重厚感のある建物は古びているが、だからこそ長い歴史が感じられた。

石畳《いしだたみ》の通りに設けられた開放的なテラス席には、木製のテーブルセットが幾つも置かれている。

憩《いこ》いの時を求めてやってくる地元の客たちは、読書に耽《ふけ》ったり、新聞を読んだり、ぼんやりと景色を眺めたりと、思い思いに過ごしていた。

「オルヴォワール！」

〈ベルジュ〉でギャルソンとして働いている滝村陽希《たきむらはるき》は、元気な声で馴染《なじ》み客を送り出し、見るともなく空を仰《あお》ぐ。

カフェ・ベルジュでギャルソンのアルバイトを始めてから、間もなく一年になろうとしていた。

「あと二時間かぁ……」

陽希は銀のトレイを脇に挟み、深く息を吐き出す。

ギャルソンの仕事にもずいぶん慣れた。

シンプルな白い長袖のシャツに細身の黒いパンツ、そして、膝下まである黒い前掛けをした姿も板についている。

けれど、顔立ちが可愛らしいうえに、細身で身長が百七十センチに満たないこともあってか、二十四歳になったいまでも十代に思われがちだった。

「あれ……」

客が使っていたテーブルを片づけ、店の中に戻ろうとしたそのとき、二人の男児と手を繋いで歩く男性の姿が目に留まった。

「日本人だ……」

トレイを持ったまま、さりげなく男性を見つめた。

パリには多くの日本人が暮らしているし、街中には観光客が溢れかえっている。それでも日本人男性が気になったのは、目を惹く容姿をしていたからだ。

行き交う外国人たちに引けを取らない長身で、すんなりとした身体つきをしている。

見るからに仕立てのいい黒いスーツに、襟《えり》の開いた白いシャツを合わせ、春らしい桜色のスカーフをラフに首に巻いていた。

艶《つや》やかな黒髪は少し長めで、金茶色にカラーリングした髪を品よくミックスさせている。なにより、驚くほど端整な顔立ちをしていた。

「サラリーマンじゃなさそうだけど……」

あまりの格好よさに、思わず目を奪われる。すると、男性が連れている男児のひとりが小首を傾げて陽希を見つめてきた。

「可愛い……」

目が合った瞬間、陽希の頬が緩んだ。

三歳くらいだろうか、赤を主としたチェック柄の長袖シャツに、サスペンダーがついた紺色の半ズボンを穿いている。

茶色の髪はふんわりとしていて、くりっとした大きな瞳が印象的な可愛い子だった。

「うわっ……笑った」

真っ直ぐにこちらを見ている男児がにっこりとし、人懐《ひとなつ》っこい笑顔につられた陽希は顔を綻《ほころ》ばせる。

と、なにを思ったのか、男性と繋いでいた手を離したその男児が、トコトコと歩み寄ってきた。

「えっ？　なに？」

男児は間違いなく自分に向かってきている。

急にどうしたのだろうかと思った矢先、歩いていた男児が途中から走り出し、転ぶのではないかとはらはらし始めた。

「危ない！」

予感は的中し、躓《つまず》いた男児が前のめりになり、パタッと石畳に倒れ込む。

「大丈夫？」

陽希は持っていたトレイをテーブルに下ろし、急いで男児に駆け寄った。

男児は自《みずか》ら小さな両手を石畳について起き上がったけれど、いまにも泣き出しそうな顔をしている。

「立てるかな？」

しゃがみ込んだ陽希は日本語で問いかけてから、通じないかもしれないと思い直し、フランス語で改めようとしたが、男児は理解したらしくこくりとうなずき返してきた。

「じゃあ、立ってみようか」

優しく声をかけながら手を貸して男児を立ち上がらせ、半ズボンから剥《む》き出しの足に目を向ける。

膝小僧《ひざこぞう》が少し赤くなっているが、幸《さいわ》い出血はしていない。膝を打った痛みと、転んだ驚きから泣きそうになっているのだろう。

「ここをぶつけちゃったのかな？」

怖がらせないよう笑顔で問いかけると、男児が唇をきつく結んで首を縦に振った。

必死に泣くのを我慢しているらしい。その表情がなんともいじらしく、なにかしてあげたくなった陽希は男児の膝小僧に手をあてた。

「痛いの痛いの飛んでけ～！」

いきなりのことにびっくりしたのか、男児が目を丸くして見返してくる。

「こっちも、痛いの痛いの飛んでけ～！」

反対側の膝小僧も同じようにしてやり、男児と顔を見合わせた。

「もう痛いのは飛んでっちゃったよ」

「ほんとだー」

嬉しそうな声をあげた男児の顔に笑みが戻り、陽希は胸を撫で下ろす。

「ハルキ！」

間近から大きな声で名前を呼ばれ、ハッとした顔で見上げると、男児を連れていた男性がもうひとりの男児を片腕に抱えて駆けてきた。

どうして自分の名前を知っているのだろうか。彼ほどの美男子とどこかで会っているなら、絶対に忘れるはずがないのに。

「ハルキ、ハルキ！」

慌てた様子の男性が再度、呼びかけたのは、転んだ男児のほうだった。

男児と名前が同じらしいと気づいた陽希は、珍しいこともあるものだと思いながらその場に立ち上がる。

「パーパ、おにいさんがねー、いたいのいたいのとんでけーってしてくれたー」

「すみません、息子がご迷惑をかけて……」

父親らしき男性が、抱っこしている男児を下ろして頭を深く下げた。

ふと男児に目を向けると、驚いたことにハルキと呼ばれた子と瓜《うり》二つの顔をしている。

服装もまったく同じだから、双子なのは間違いないだろう。まるで見分けがつかないほど、なにもかもがそっくりだった。

「ほんとにねー、いたいのとんでったのー」

男性を一心に見上げる楽しそうなハルキを見て、陽希は小さく笑う。

幼いころに親から同じようにされて覚えていただけで、なんの根拠もない言葉ではあるけれど、子供には効き目があるのだから不思議なものだ。

「おにいさん、ありがとー」

ニコニコ顔で礼を言ったハルキが、ぺこりと頭を下げる。その拍子に、両手が後ろにピンと伸びた。

幼い子の仕草は、どうしてこんなにも可愛いのだろうか。見ているだけで微笑《ほほえ》ましい。

「ハルキ君っていうの？　僕も陽希っていうんだよ」

「ほんとー？　おなじおなまえなのー？」

ハルキの大きな瞳がまん丸くなる。

「グラーン《すごーい》！　パーパ、ジュ《ぼくの》・マッペル《なまえ》おなじだってー」

はしゃいだ声をあげ、男性と陽希の顔を交互に見やった。

フランス語と日本語が入り交じっている。同時に異なる言葉を覚え始めたせいで、一貫《いっかん》性《せい》がないのだろう。

それにしても元気いっぱいだ。飛び跳ねるようにして、何度も左右に大きく頭を振っている。そのたびに、ハルキの柔らかな髪がふわりと浮き上がった。

「おにいさんもジュもハルキだよー」

「そんな大きな声を出さなくてもわかったから」

道行く人の目を気にしたのか、男性の顔に苦笑いが浮かぶ。

「喜んでもらえて光栄ですよ」

自分と同じ名前だと知って無邪気に喜んでいるハルキを見ていると、おかしなことにこちらもなんだか嬉しくなってくる。

「そう言ってくれると助かるよ」

ホッとしたように頬を緩めた男性が、なにげなく陽希に目を向けてきた。

改めて彼を見てみると、本当に整った顔立ちをしている。男女を問わず、誰もが美形と認めるだろう。

均整の取れた見事な体型、洒落《しやれ》た髪型と着こなしから、ファッション関係の仕事をしているように感じられた。

「そこの店で働いているの？」

「はい」

カフェを指さした男性は、長いエプロンをつけた姿にギャルソンだと気づいたようだ。

「この子たちも歩き疲れただろうから、少し休んでいこうかな」

男性は息子たちを理由にしたけれど、礼の代わりに売り上げに貢献してくれるつもりなのだろう。

「ありがとうございます。こちらへどうぞ」

陽希は笑顔で男性を促し、四人がけの丸いテーブルに案内する。

気遣わせてしまったようで申し訳ない思いもあった。それでも、チップが収入の一部であることを考えると断り難《がた》い。なにより、とびきり格好いい父親と、可愛らしい双子ともう少し接していたい思いがあった。

ふと視線を感じて目を移してみると、もうひとりの男児がじっとこちらを窺っている。

「こんにちは」

陽希がにこやかに声をかけると、はにかんだ男児はサッと父親の後ろに小さな身を隠してしまった。

人見知りをしないハルキと違い、ずいぶん恥ずかしがり屋のようだ。そういえば、まだひと言も発していない。

「ちょっと待ってるんだぞ」

双子に声をかけてテーブルの前に立った男性は、さっそく椅子をひとつ引き出すと、両脇の椅子を引き寄せて一列に並べた。

「さあ、おとなしく座って」

息子たちを左右の椅子にそれぞれ座らせ、男性は中央に腰かける。

これならすぐ子供に手が届く。ささやかなことではあるが、父親らしい男性の配慮《はいりょ》に陽希は感心した。

「俺にはエスプレッソを……」

「パーパ、アイスー」

「ぼくもー」

父親の声に被せてリクエストしてきた子供たちが、同時に陽希を見上げてくる。

「エスプレッソとアイスクリームを二つでよろしいですか？」

「よろしいですー」

真似をしたハルキの元気な返事に、男性がまたしても苦々《にがにが》しく笑う。

「騒《さわ》がしくて申し訳ない」

「これくらい、気になさらないでください」

にこやかに言って一礼した陽希は、先ほどテーブルに下ろしたトレイを持って店の中に戻り、オーダーを通す。

「双子の父親かぁ……大変そう」

運んできた空《から》の食器をカウンターに下ろし、濡れたクロスで丁寧にトレイを拭き、淹《い》れ立てのエスプレッソとガラスの器に盛ったバニラアイスを載せる。

それぞれの皿にスプーンを添え、片手にトレイを載せてテラス席に向かう。アルバイトを始めた当初は恐る恐る持っていたトレイも、いまでは苦《く》もなく片手で運べる。

「お待たせいたしました」

陽希の姿を目にした双子がテーブルに手をつき、待ちかねたように椅子から身を乗り出し、アイスクリームを見上げてきた。

「ちゃんと座ってないとダメだろう」

父親がすかさず窘《たしな》め、双子がおとなしく座り直す。子供たちはかなり聞き分けがいいらしい。

とはいえ、幼い子は先ほどのように、いきなり親から離れて走り出すから目が離せない。案の定、男性は左右に座らせた息子たちに始終、目を配っている。

「どうぞ」

まずはエスプレッソを男性の前に下ろす。

「はい、どうぞ召《め》し上がれ」

「メルシ《ありがと》」

声を揃《そろ》えて礼を言った双子が、目の前に置かれたアイスクリームをじっと見つめ、器《うつわ》に片手を添えてスプーンを取り上げる。

動きがまったく同じだ。器の持ち方も、スプーンの握り方も、まるで鏡に映しているかのようで面白い。

「いっただきまーす」

再び声を揃えた双子が、アイスクリームをすくって口に運ぶ。

こぼさないだろうかと気にしている様子の父親をよそに、双子は無心に食べている。

それにしても、男性はよく似た双子をどうやって見分けているのだろうか。

小脇《こわき》にトレイを挟んだ陽希はそんなことを思いつつ、アイスクリームを食べている彼らをじみじみと見つめる。

「あっ、泣きぼくろ」

陽希がふともらした声に、エスプレッソを啜《すす》っていた男性が小さく笑う。

「気づくの早いね？　さっき転んだのがハルキで、泣きぼくろがあるのがナオキだよ」

「ナオキ君ですね。幾つになるんですか？」

「二歳と七ヶ月」

「可愛い盛りですね」

双子に目を向けてみると、大きく開けた口にスプーンを運ぶ彼らは、アイスクリームに夢中でこちらにはまったく関心を示していなかった。

「君の名字を聞いてもいいかな？　ハルキだと呼びにくいから。俺はこの子たちの父親の安曇野《あずみの》、安曇野圭太郎《けいたろう》」

同じ動きをする双子に気を取られていた陽希は、小さなカップをソーサーに下ろしてこちらを見上げてきた男性に視線を戻す。

「滝村です」

「滝村……タッキーでもかまわないかな？」

自ら名乗ってきた安曇野が、どうだろうかと言いたげに見上げたまま首を傾《かし》げた。

客たちはみな、あたりまえのようにギャルソンをファーストネームで呼ぶ。けれど、息子と同じ名前だから、「はるき」と呼んだのでは混乱してしまうと思ったのだろう。

馴染《なじ》みのない呼ばれ方ではあるものの、安曇野の思いが理解できた陽希は、笑顔でうなずき返した。

「ええ、どうぞ」

「じゃあ、タッキーで」

目を細めた彼が、再びカップに手を伸ばす。

ざっくばらんな口調や、親しげな態度が馴れ馴れしく感じられる者もいるだろうが、陽希は好感が持てた。と同時に、陽希は興味が募《つの》ってきた。

（こっちで暮らしてるのかな？）

まだ明るい時間帯とはいえ、幼い双子を連れて裏通りを歩けるのは、パリでの暮らしが長いからのような気がする。

それにしては、かなり目立つ容姿をしているのに、いままで一度も見かけたことがないのはどうしてだろうか。

（たまたま通りがかっただけとか？）

陽希はテーブルの脇に立ったまま、あれこれ思いを巡らせる。

仕事を終えて立ち寄る客たちで〈ベルジュ〉が賑《にぎ》わうまで、まだ少し時間があった。

ギャルソンは担当するテーブルが決まっているから、新たな客が訪れてこなければ仕事がないも同じで、馴染み客を相手に世間話をすることも珍しくない。

話しに夢中になってしまうのは論外だが、仕事さえきちんとこなしていれば咎《とが》められることもなかった。

「パァーパ、ハルキがぼくのとるー」

「ハルキ、まだ自分のが残ってるだろう？」

「そっちのがサアレボン」

いきなり響いた親子の声に、陽希はハッと我《われ》に返る。

テーブルに目を向けてみると、ハルキがナオキのアイスクリームを奪おうとしていた。

どうやらナオキのアイスクリームのほうが、ハルキには美味しそうに見えるらしい。

「どっちも同じだよ」

「だってぇー、サアレボンなのー」

安曇野は呆《あき》れ気味に窘めたが、ハルキは聞き入れる気配がない。

それぱかりか、父親を押し退けてナオキの器《うつわ》に手を伸ばしている。

陽希はどうしたものかと思案顔で彼らを見つめた。

パリに来てからはずっとひとり暮らしだが、地下鉄で三十分もかからないアパルトマンで歳の近い従姉《いとこ》が暮らしている。

一年ほど前、海外勤務となった商社マンの夫と一緒にパリに渡ってきたのだ。こちらで暮らし始めてすぐに子供が生まれ、陽希はたまにベビーシッターを頼まれたりしている。最初はアルバイト代につられて引き受けたのだが、思いのほか幼子《おさなご》と相性がよく、子守も上手くできるようになっていた。

とはいえ、双子の面倒は見たことがない。それに、ハルキたちは他人の子だ。無闇に口を出さないほうがいいように思え、しばらく様子を見ることにした。

「じゃあ、とりかえてあげる」

しばらく言い合いが続いていたが、頑《がん》として引かないハルキに折れたのか、ナオキが自らアイスクリームの器を向こうに押しやる。

ハルキとは異なり、ナオキは二つの言語が混じり合わないようだ。それに喋《しゃべ》り方がゆったりとしている。もしかすると、日本語を意識しているのかもしれない。

外見は瓜二つだけれど、やはり性格には違いがあるのだろう。元気溌剌《はつらつ》としたハルキに比べて、ナオキはやけにおとなしい。

「あっ……」

皿の上で傾いた器を、陽希は咄嗟に手を伸ばして立て直す。

幸いにもアイスクリームは零れることなく、無事にハルキの器と交換できた。

「ありがとう」

陽希を見上げて礼を言ってきた安曇野が、息子たちの顔を交互に覗き込む。

「おとなしく食べるんだぞ」

静かになった二人を見て安堵したのか、安曇野がため息をもらして肩を落とす。

「まったく……」

陽希は子守を何度も経験しているが、いつも一対一だ。ひとりだけでも苦労するのだから、二人ともなると想像の域を超えていた。

それでも、子供と一緒にいる時間は楽しく、気持ちが癒《いや》される。近くで見ているかぎり、安曇野も父親らしく叱《しか》ったり窘めたりしているけれど、けっして面倒に思っているようには感じられなかった。

「双子さんって育てるのが大変そうですけど、可愛さ倍増《ばいぞう》ですよね」

「だろう？　ひとりでこの子たちを育ててるから俺もけっこう疲れるけど、寝顔なんか見てると疲れなんて一瞬で吹き飛ぶね」

笑顔でそう返してきた安曇野が、黙々《もくもく》とアイスクリームを食べている息子たちを愛《いと》しげに見やる。

「おひとりで？」

「離婚してね、俺が引き取ったんだ」

「そうなんですか……」

さらりとした口調で離婚したと言われ、言葉に詰《つ》まってしまった。

離婚した夫婦には、それぞれの事情がある。それでも、子供がいる状況で離婚した場合は、母親が親権を得ることがほとんどだろう。

なぜ安曇野が双子を引き取って育てているのかは、他人事《ひとごと》ながらも気になるところだ。

けれど、いくらなんでも初対面の相手にその理由を訊ねるのは失礼であり、陽希は離婚については触れることなく話を続けた。

「お仕事のとき、この子たちはどうしているんですか？　保育所とかに？」

「いや、日中はベビーシッターを頼んで、それ以外の時間は俺が面倒を見てる。設計の仕事をしているから、多少は時間の融通《ゆうずう》が利くんだ」

「建築家さんなんですか？」

「その先に建築事務所があるんだけど、いちおう俺が社長だから、あるていどスタッフは目を瞑《つむ》ってくれている」

「凄《すご》い……」

悪戯《いたずら》っぽく笑っている安曇野に、陽希は羨望《せんぼう》の眼差《まなざ》しを向ける。

彼はこともなげに言ってのけたけれど、海外で仕事に就《つ》くだけでも難しいというのに、パリに自ら会社を構えるなど相当な力量の持ち主でなければできないはずだ。

「ハルキ、ほっぺにアイスがついてるぞ」

安曇野がポケットから取り出したハンカチで、ハルキの頬を拭《ぬぐ》ってやる。

会話をしながらも息子の世話をする彼は、かなり子煩悩《こぼんのう》なのだろう。子供たちに対する愛情が、彼のちょっとした動きに見て取れた。

パリで暮らす人たちは、それぞれがファッションにこだわりがあり、すれ違いざまにしばし目を奪われる。

小さな子を持つ母親や父親も例外ではなく、子連れで歩く姿はときに映画のワンシーンのように映った。

けれど、これまで見てきた父子の中でも、父親の安曇野は格段に格好よく、双子の息子は天使のように愛らしかった。

「ここの仕事はバイト？」

再び視線を向けてきた安曇野から訊かれ、微笑ましい思いで彼らを見ていた陽希は慌てて緩んだ頬を引き締める。

「はい、昼間はパリ第四大学でフランス語の勉強をしてます」

隠すことでもないと思い、正直に答えた。

留学生の陽希は、日中は大学のフランス語講座で学び、週に四日だけカフェで働いているのだ。

フランス文学好きが高《こう》じ、フランス語の翻訳家を目指している。中学生になってすぐフランス語を学び始め、大学も仏文科を卒業した。

熱心に学んできたから、フランス語に不自由はない。とはいえ、やはり本場で言葉を学びたい思いがあり、パリに留学することを決めた。

自分で決めたことだけに、親頼りにしたくない。本来であれば、空《あ》いた時間を使ってフルに働きたいのだが、フランスでは留学生の労働時間に制限があった。一年間で九六四時間、平均すると週に二十時間しか働くことができないのだ。

不法就労《ふほうしゅうろう》で強制送還《そうかん》になるような事態になったのでは、これまでの頑張《がんば》りがすべて無駄になってしまうため、かなりの貧乏生活を強《し》いられていた。

「バイトをしながらだと大変だね」

「でも、親に迷惑をかけたくないので……」

「いい心がけだな。で、フランス語を使った仕事がしたいのかな？」

「僕、翻訳家を目指しているんです」

「翻訳家？　フランス語はもう話せるの？」

「中学のときから習っているので、不自由しないくらいには」

得意になったつもりはなかったけれど、なぜか答えたとたん安曇野に笑われ、陽希は頬を赤らめる。

顔色の変化が容易に見て取れたのか、彼が笑ったことを詫《わ》びるように片手を軽く挙げて見せた。

「君を笑ったわけじゃないんだ。カフェのギャルソンをしているんだから、普通は会話くらいできるよなって」

気づかなかった自分を笑ったのだと言い訳をした彼が、申し訳なさそうに苦笑いを浮かべる。

「パーパ、ナオキがねてるー」

ハルキの声に視線をナオキに移すと、アイスクリームを食べ終えて満足したのか、椅子に座ったままうとうとしていた。

「大変だ、ハルキが起きているうちに帰らないと」

安曇野が泡《あわ》を食ったように席を立つ。

「二人とも眠ってしまったら、さすがに俺もひとりでは連れて帰れないからね」

冗談めかした彼が、上着の内ポケットに手を入れて財布を取り出す。

「十五ユーロです」

「じゃあ、これで」

彼から二十ユーロ紙《し》幣《へい》を手渡され、陽希は前掛けのポケットに手を突っ込んで釣り銭《せん》を探る。

「取っておいて、ハルキが世話になったお礼」

片手で釣りは不要と制してきた安曇野が、すっかり眠ってしまっているナオキを抱き上げ、ハルキに立つよう促した。

ナオキは目を覚ますことなく、父親の肩にすっかりあごを預けてしまっている。これでハルキも寝てしまったら、確かに連れて帰るのが大変そうだ。

「ありがとう、楽しかったよ。また寄らせてもらう」

ナオキを抱いたままハルキと手を繋いだ彼は、笑顔でそう言い残して立ち去る。

チップの礼を言う間もなかった。早く帰らなければと、本当に焦《あせ》っていたのだろう。

「ありがとうございました。お気をつけて」

遠ざかっていく彼らの後ろ姿に向けて声をかけ、ひとしきりその場で見送ってから、テーブルの後片づけを始める。

「建築家かぁ……自分で会社を持ってるなんてホントに凄い……」

ひとりつぶやきながら、トレイに器を載せていく。

建築は未知の世界だ。図面を描いている姿くらいしか想像がつかない。

それに、パリで暮らす人々はほとんどがアパルトマン住まいで、日本の街中とは様相《ようそう》が異《こと》なるから、よけいにどういった仕事をしているのか興味が湧いてくる。

「それにしても可愛い双子だったな」

ハルキの無邪気な顔が脳裏に浮かぶ。

幼い双子と父親だけの生活は、さぞかし大変そうだ。彼らの暮らしぶりを、少し覗いてみたくなる。

「そういえば、安曇野さんから言い出したのに、タッキーって一度も呼ばなかったな」

「ボンジュール、ハルーキ」

思い出して笑っていたところに声をかけられて顔を上げると、六時近くになると必ず姿を見せる老夫人が笑顔で手を振っていた。

「ボンジュール、マダム」

パッと顔を綻《ほころ》ばせた陽希はトレイをいったんテーブルに下ろし、すぐさまお気に入りの席に案内する。

かなりの高齢ではあるが、身なりのよい女性で、人当たりがいい。顔を合わせる機会が多かったこともあり、客の中で最初に親しくなったのが彼女だった。

いつものように椅子を引いてあげると、優雅に腰かけた彼女が笑顔で見上げてきた。

「アン・ヴァン・ルージュ《赤ワインを》、シル・ヴ・プレ《ちょうだい》」

「ウィ、マダム」

陽希はにこやかに一礼し、トレイを持って店の中に入っていく。

その後ろ姿に、新たな客が声をかけてくる。

もう間もなく〈ベルジュ〉が賑わう時間だ。先ほどまでのんびり安曇野と話をしていたのが嘘のように、陽希の動きはきびきびしたものに変わっていた。

第二章

講義を終えて大学をあとにした陽希は、買い物をするために市場《いちば》に寄っていた。

大学からサン・ルイ島を越え、しばらく歩いたところにある〈マルシェ・アリーグル〉は、露天《ろてん》と屋内《おくない》市場の両方がある。

露天は早い時間に閉店してしまうのだが、屋内市場は夜の七時まで開いているため便利なのだ。

学校帰りの陽希は、ざっくりと編んだ生成《きな》りのコットンセーターにダークブルーのデニムパンツ、足にはスニーカーといった軽装《けいそう》で、大きなキャンバス地のショルダーバッグを肩から斜《なな》めにかけていた。

自炊《じすい》が基本だから、週に二回は市場に寄っている。〈マルシェ・アリーグル〉はパリでもっとも価格が安いと評判ではあるが、無駄遣《むだづか》いはできない。

少しでも食費が安く上がるように、必要最低限の食材を吟味《ぎんみ》して選ぶようにしていた。

「じゃがいもがないんだよなぁ……」

店先に並ぶ野菜を眺《なが》めながら、ゆっくりと足を進める。

観光スポットになっているため、市場の中はいつも熱気に溢れていた。人種も言葉もさまざまで、ときおり自分はどこにいるのだろうと思う時がある。

パリで暮らす人だけが買い物をするような、フランス語しか通じない路地《ろじ》の小さな市場とは異なり、ここは不思議な空間になっていた。

「まずはじゃがいも……」

「タッキーだぁー」

「うわっ！」

甲高い声が響くと同時に背後からしがみつかれ、じゃがいもに手を伸ばそうとしていた陽希は飛び上がらんばかりに驚く。

「わーい、わーい、タッキーだぁ」

纏《まつ》わりついてきたのがハルキだとわかり、自然に顔が綻ぶ。

彼は青い長袖のTシャツに、クリーム色のTシャツを重ね、青い半ズボンを穿き、真っ赤なスニーカーを履いている。相変わらず可愛らしい。

「こんにちは、パパも一緒？」

ニコニコしているハルキと手を繋ぎ、あたりに目を向けてみたけれど、安曇野の姿は見当たらなかった。

それでもハルキがひとりで市場に来ているわけがないと思い、さらに目を凝《こ》らしてみると、ハルキとまったく同じ装《よそお》いのナオキがいた。

「ん？」

近くに安曇野は見当たらず、ナオキは女性と手を繋いでいる。

ふくよかな白人女性で、シンプルな花柄のワンピースを着て、金髪を引っ詰めていた。

五十歳くらいだろうか。険《けわ》しい顔つきで周囲を見回している。

『ハルーキ！　どこにいるの？』

フランス語でハルキを呼ぶ女性の声が聞こえてきた。

「ベビーシッターの人かな……ハルキ君、呼んでるよ」

安曇野の話を思い出した陽希はハルキに声をかけ、手を繋いで女性のもとに向かう。

「あの女の人って、ハルキ君たちのベビーシッター？」

「ウィ、モニカっていうの」

「やっぱり……」

野菜売り場にいる自分を見つけ、ハルキは勝手にベビーシッターのそばから離れたのだろう。

迷子になったと思って慌てているに違いない。早く連れて行かなければと思って足を速めた矢先、ハルキに気づいた女性がナオキの手を引いて向かってきた。

手を引かれているナオキが慌てるほどの勢いと凄《すご》い形相《ぎょうそう》に怯《ひる》み、陽希は一瞬、足が止まりそうになった。

『あなたは誰？　どうしてハルキと一緒にいるの？』

目の前に立ちはだかったモニカがフランス語で捲し立て、周りの目が陽希に集まる。

「ナオキ、タッキーとあそぼー」

陽希の手を離したハルキが、ナオキに駆け寄って行く。

『知らない人とお話をしてはダメですよ』

声高に言い放ったモニカが、陽希を睨みつけてくる。

まるで犯罪者でも見るかのような目つきだ。

彼女の仕事は子供の世話をし、なおかつ守ることにある。それは理解しているけれど、疑うような視線を向けられるのはあまり感じのいいものではない。

『さあ、帰りますよ』

係わる気はまったくないといった態度で、モニカがハルキの手を掴む。

『かえりたくなーい！　やーだー』

ハルキが大声で駄々《だだ》を捏《こ》ね、その場でジタバタと足踏みをし始めた。

『あそびたいのー、いっしょにあそぶのー』

大勢の人で賑わう市場に、ハルキの大きな声が響く。

気がつけば、周りに人が集まってきている。

頬を膨らませ、唇を尖らせているハルキは可愛いけれど、いまはそんなことを思っている場合ではない。早くモニカに事情を説明しなければ、大きな騒《さわ》ぎになってしまう。

『あの……僕は……』

『すみません、ちょっと通してください』

口を開いたところで耳に届いてきた聞き覚えのある声に、陽希はハッとして振り返る。

「安曇野さん！」

救われた思いで呼びかけると、安曇野が呆気《あっけ》に取られたような顔で見返してきた。

淡いピンク色のシャツに、細身の黒いパンツを合わせている。開いた襟元《えりもと》から、黒い革のコードに通したシルバーの洒落たクロスペンダントが見えた。

上着を着ていないせいか、最初に会ったときよりも若々しく、色男ぶりが増している。

「どうして君がここに？」

わけがわからないと言った感じで、安曇野がしきりに首を傾げていた。

『この男をご存《ぞん》じで？』

モニカが双子を両手に繋いで前に出てくる。

彼女の表情は相変わらず険《けわ》しい。

『ああ、俺の知り合いだよ。子供が騒いでると聞いて、もしやと思って駆けつけたんだけど、いったいどうしたんだい？』

安曇野がモニカに向けたフランス語は、驚くほど流暢《りゅうちょう》だった。

日本からパリに渡ってきたのではなく、こちらで生まれ育ったのではないだろうかと思うほどだ。

『坊ちゃまがこの方と遊びたいと言い出して……』

雇い主の知人とわかったとたんに、モニカの態度が一変した。

「どういうこと？」

安曇野から日本語で訊ねられ、陽希は苦々しく笑って肩をすくめる。

「偶然、ハルキ君と向こうの売り場で会ったんです。そうしたら、僕と一緒に遊ぶんだと言って聞かなくて」

「ああ、そうだったんだ。せっかく会ったんだし、時間があるなら俺の家に寄って行かないか？」

いとも簡単に納得しただけでなく、誘いの言葉を口にされて陽希は目を瞠《みは》る。

カフェで言葉を交わしたといっても、さしたる時間ではない。互いにまだよく知りもしないのに、自宅に招いたりするものだろうか。

もう一度、会って話をしてみたいと思っていたから、嬉しい気持ちはあるのだが、戸惑いのほうが大きかった。

（でも、ハルキ君は遊びたがってるしなぁ……）

モニカに手を繋がれているハルキの期待に輝く瞳を見てしまうと、招《まね》きを断るのが可哀想に思える。

それに、買い物をして自宅に帰り、勉強をするつもりでいただけで、これといった予定があるわけでもなかった。

買い物は明日でもできるし、双子と少し遊んで帰っても、勉強をする時間はあるのだ。

「突然、伺って大丈夫なんですか？」

「散らかり放題の部屋に目を瞑《つむ》ってくれるなら」

「じゃあ、お言葉に甘えて」

陽希が誘いを受けると、安曇野は嬉しそうに笑ってモニカの前に進み出た。

『モニカ、ありがとう。明日もよろしく頼むよ』

そう言いながら彼が両手を差し伸べると、モニカの両脇に立っていた双子がニコニコしながら父親と手を繋ぐ。

『はい、お気をつけて』

安曇野に頭を下げ、子供たちに手を振ったモニカが、陽希をちらりと見やってきた。

その顔はどこか不満げで、いったいどんな知り合いなのだろうかと、訝《いぶか》しがっているようでもあった。

「あの……彼女は……」

ベビーシッターの彼女をここで帰してしまうのが不思議に思え、陽希は解せない顔で安曇野に目を向ける。

「今日は少し早めに仕事が終わりそうだったから、彼女に散歩がてらここまで連れてきてもらったんだ。そうすれば、この子たちと一緒に帰れるだろう?」

思いを察《さっ》したかのように説明をしてくれた彼が、手を繋いでいる双子を愛《いと》しげに見つめていた。

寂しい思いをさせているからこそ、少しでも一緒にいる時間を作りたい。そんな親心が彼の表情から見て取れた。

「さあ、行こう」

安曇野に促され、陽希は小さくうなずき返す。

「はい」

「ハルキのマッペル、タッキーになったのー、パァパがハルキはタッキーだーって」

さっそく父親の手を離して纏わり付いてきたハルキが、大きな瞳で見上げてきた。

カフェで別れたあとも、彼らが自分のことを話題にしていたのかと思うと、嬉しくもあり面映《おもは》ゆくもある。

と同時に、いったい彼らはどんなことを話していたのだろうかと気になりもした。

「ハルキ君と同じお名前だから間違えないように、パパが新しいお名前をつけてくれたんだよ」

小さな手を握った陽希は、あえてゆっくり話した。

たまに子守をする従姉の子は、言葉を覚え始めたばかりで、会話は成り立たない。

ハルキたちはもう間もなく三歳になるし、安曇野も普通に日本語で喋っているから、気にしなくてもいいのかもしれない。

とはいえ、日本語とフランス語を同時進行で覚え始めているようなので、普段と同じ口調で話すよりも少し速さを抑《おさ》えたほうが、子供たちも聞き取り易《やす》いように思えたのだ。

「タッキー、買い物の途中じゃなかったのか？」

不意に足を止めて振り返ってきた安曇野が、ふと思い出したように訊ねてきた。

「いえ、急ぎの買い物というわけではないので」

「いきなり誘って迷惑じゃなかった？」

「とんでもない」

陽希は心配無用とばかりに、笑顔で大きく首を横に振る。

「よかった」

安堵の笑みを浮かべた安曇野が、再び前を歩き出す。

ナオキと手を繋いでいるから、彼の歩みは至極《しごく》ゆったりとしたものだ。

そもそも、子供と一緒にいることを楽しんでいるようだから、彼は急いで自宅に戻るつもりがないのかもしれない。

「タッキー、おうちにとまってくのー？」

繋いでいる手をぶんぶんと振って歩くハルキが、真っ直ぐに見上げてくる。

「お泊まりはできないけど、たくさん遊んであげるからね」

笑顔で答えると、ハルキが嬉しそうに笑った。

どうしてこんなにも自分に懐《なつ》いてくるのだろう。

先日、カフェの前で目が合ったとたん、父親の手を離して歩み寄ってきたのも謎だ。懐いてくれるのは嬉しいけれど、理由がよくわからないから不思議だった。

とはいえ、日中はずっとモニカと過ごしていて、新しい遊び相手に飢えているのかもしれないし、自分でよければ一緒にいてあげたいと思う。

「タッキーとあそぶー」

ハルキが繋いだ手を振りながら、スキップをし始める。

明るくて、元気いっぱいで、いつでも楽しそうな彼は、見ていて飽《あ》きない。

ナオキと仲よさそうに言葉を交わしている安曇野を追う陽希は、いつになく気持ちが弾《はず》んでいた。

＊　＊　＊　＊　＊

安曇野が双子と三人で暮らしているアパルトマンは、サン・ルイ島の東側にあった。

高級住宅が建ち並ぶ地域で、パリ四区の中でももっとも治安がよく、街は洗練《せんれん》された雰囲気に包まれている。

質素な生活を強《し》いられている陽希など、とうてい住める場所ではない。参考のために内覧《ないらん》したいと言ったら、きっと不動産屋は鼻で笑うことだろう。

「タッキー、ごほんよんでー」

日本語の絵本を取り上げたハルキが、陽希の膝にトンと載せてくる。

リビングルームの壁際に置かれた大きなソファの中央に腰かけている陽希は、左右を双子に挟まれていた。

安曇野がキッチンでおやつと珈琲《コーヒー》を用意してくれているあいだ、ハルキたちの相手をするよう頼まれたのだ。

リビングルームとキッチンを繋ぐドアが開け放してあるから、音がよく聞こえてくる。ときおり派手な音がするのは、彼がかなり慌てているからかもしれなかった。

手伝いにいこうかとも考えたが、子供たちから目を離すわけにいかない。だからといって、キッチンに連れて行けば邪魔になってしまうだろう。

双子と遊ぶために来たのだから、ここはおとなしく待つべきと思い直し、ハルキたちの相手をしていた。

「このごほんねー、ナオキがプレフェレ《おきにいり》なの。だからよんでー」

ソファに上がって正座をしたハルキが、身を乗り出して絵本を開く。

「ナオキ君が好きなごほんなの？」

足を投げ出して座っているナオキが、嬉しそうに笑ってこくりとうなずいた。

「ハルキはごほんよりアニメのがすきなの」

「そうなんだ」

ナオキが指さす先を見て、陽希は小さく笑う。

正面にある大画面のテレビが置かれた棚には、数え切れないほどの薄いプラスティックケースが並んでいる。

タイトルまで読み取ることはできないけれど、それがアニメのディスクであろうことは容易に察せられた。

「ハルキ君はご本が嫌いなんだ？」

「そんなことないよー、でもアニメがすきー」

ハルキが無邪気に笑う。

彼は自己主張が強いけれど、わざわざナオキの好きな絵本を読んでと頼んでくるところをみると、思いやりも充分にあるようだ。

「じゃあ、ご本を読んだら、アニメを一緒に観ようか？」

「はーい」

双子の元気な返事が同時に響く。

「タッキー、用意ができたから二人を連れてきてくれるかい？」

絵本を開く間もなく安曇野から呼ばれ、陽希は苦笑いを浮かべる。

「おやつの時間みたいだから、ご本はあとでね」

陽希が絵本を手にソファから立ち上がると、双子が申し合わせたかのように揃ってぴょんと飛び降りた。

「パァーパ、おやつー」

声をあげたハルキと一緒にナオキがキッチンに向かって駆け出し、絵本をソファに下ろした陽希はあたふたと彼らを追いかける。

「走ったら危ないよ」

注意をしたところで、二人は耳を貸さない。おやつのことで、頭がいっぱいになっているのだろう。

リビングルームはかなり広く、キッチンまでけっこう距離があった。一目散《いちもくさん》に駆けていく彼らが転ぶのではないかと心配で、陽希は足を速める。

「ほら、ちゃんと座って」

息せき切ってキッチンに入っていくと、安曇野が双子を子供用の椅子に座らせていた。

双子は喋り方にそれぞれ特徴があるから、話をしているときは容易に区別できる。

けれど、こうしてにこにこ顔で黙っていると、まったく同じにしか見えない。ナオキの泣きぼくろがなかったとしたら、きっとすぐには見分けがつかないに違いなかった。

（こっちも凄いな……）

リビングルームほどではなかったが、キッチンもそうとう広くて呆れる。

陽希が借りているアパルトマンの小さな部屋がすっぽり入ってしまいそうだ。

調理台がL字型になっていて、シンクの向こう側にある大きな窓から、ノートルダム大聖堂がすぐそこに見えた。

安曇野が借りている部屋は五階にあり、かなり眺めがいいだろうと思っていたけれど、絶景を目《ま》の当たりにするとさすがに驚く。

それに、リビングルーム同様、内装や調度品がとても凝《こ》っている。建築家だけあり、こだわったのかもしれない。

リビングルームはモノトーンで統一されていて、スタイリッシュな印象があった。いっぽう、キッチンは床や壁に暖色系のタイルが使われているから、暖かみのある雰囲気に包まれている。

リビングルームとキッチンはともに整理整頓が行き届いていて、小さな子供が二人もいるようには見えない。

安曇野は散らかり放題と言ったけれど、どうやら謙遜《けんそん》したにすぎなかったようだ。

「そこに座って」

「はい」

陽希は安曇野から示された椅子に座る。

円形の大きなテーブルは無垢《むく》の木で造られていて、同じ素材の椅子が二つと、子供用の椅子が二つ置いてあった。

けれど、四つの椅子は均等に置かれていない。ひとつの椅子の両脇に、子供用の椅子が並べてあるのだ。

カフェでそうだったように、安曇野が中央の空《あ》いている椅子に腰かけるのだろう。

「普通の珈琲だけどミルクと砂糖は？」

「あっ、そのままで」

マグカップを前に置いてくれた安曇野を見上げて答えると、彼は了解とばかりに小さくうなずき、双子のあいだにある椅子に腰を下ろした。

「さあ、食べていいぞ」

小さな手をテーブルの上に載せ、許しが出るのを待っていた双子が、同時にパッと顔を綻ばせる。

「いただきまーす」

可愛らしい声をキッチンに響かせた二人が、目の前に置かれた皿からマドレーヌを取り上げた。

子供たちに用意されたおやつは、マドレーヌと温めたミルクだけという、いたってシンプルなものだ。

「それ、〈ル・マリー〉のだから味は悪くないと思うよ」

マグカップを手にした安曇野が、陽希の前に置かれた皿を指さしてきた。

白い正方形の小さな皿に、マドレーヌが二つ載っている。ふんわりと焼き上がった菓子から、すでに上品な甘い香りが漂ってきていた。

シャンゼリゼ大通りに店を構える〈ル・マリー〉は、色鮮やかなマカロンやマドレーヌなどの焼き菓子が人気の、いつも客で賑わっている高級菓子店だ。

何度も前を通りかかったことがあり、甘い物に目がない陽希はそのたびに足を止めた。けれど、とても手が出せる値段ではなく、パリに来て一年半になろうというのに、まだ一度も食べたことがないのだ。

「ありがとうございます。甘い物が大好きなので、遠慮なくいただきます」

声を弾ませて皿に手を伸ばした陽希は、さっそくマドレーヌを頬張《ほおば》る。

驚くほど生地《きじ》がしっとりとしていて、蕩《とろ》けるような味わいだ。ほどよい甘みとバターの香りが、口の中に広がっていく。

「美味しい……こんなに美味しいマドレーヌ、パリに来て初めて食べました」

陽希の素直な感想に、安曇野が頬を緩める。

「本当は手作りを食べさせてやりたいけど、俺はその手のことが本当に苦手でなにもできないんだよ」

笑って肩をすくめた安曇野が珈琲を啜《すす》り、すぐにマグカップをテーブルに下ろした。

「零さず食べないとダメだろう」

マドレーヌを齧《かじ》っているナオキに注意を促した彼が、子供の膝《ひざ》に落ちた欠片《かけら》を摘《つ》まんで自分の口に入れる。

「苦手って、料理とかもダメなんですか？」

「ああ、一度も作ったことないよ。テーブルに並ぶのは、いつも市場《いちば》で買ってきた総菜《そうざい》ばかりだ」

「毎日？」

「そう、毎日」

安曇野がしかたないと言いたげに笑う。

市場ではさまざまな総菜を売っている。その種類はとても豊富で、レストランで提供される料理と変わらない味と見栄《みば》えの、総菜と呼ぶにはもったいないものもあった。

出来合いの料理をテーブルに並べられるのは、彼が余裕ある生活をしているからこそだろう。

それに、子供に対する申し訳ない気持ちが、彼の表情から見て取れるだけに、陽希はそれ以上、なにも言えなくなった。

「ハルキ、熱すぎたか？」

小振りのマグカップを手に取ることなく、しきりに息を吹きかけているハルキの顔を、安曇野が心配そうに覗き込む。

「ノン」

ハルキは小さく首を振り、マグカップを取り上げた。

いっぽうナオキは、ひとり黙々《もくもく》とマドレーヌを食べ、ミルクを飲んでいる。あまり手がかからない子のようだ。

「もう保育園には預けられる年齢ですよね？」

安曇野にそう訊ねたのは、従姉との会話を思い出したからだ。

子供が二歳になったら保育園に通わせると、従姉が話してくれたことがあった。

仕事をしているわけではないから面倒を見る時間はあるが、少しでも早くフランス語を覚えさせたいというのが理由だった。

二歳から保育園に入れるのであれば、まもなく三歳になる双子が通えないはずがない。

保育園には歳の近い子供たちが集まっているのだから、ハルキたちも友だちができて楽しいように思えた。

「離婚だのなんだのといろいろあって、タイミングを逃してしまったんだ。だから、三歳になったら通わせようと思ってる」

「すみません、変なこと訊いてしまって……」

立ち入り過ぎてしまったようだと気づき、陽希は恐縮《きょうしゅく》して肩を落とす。

人にはそれぞれ事情があるのだから、考えなしに訊いてはいけないのだと反省した。

「べつに謝るようなことじゃないから気にしないで。それより、学校が終わってから夜までのあいだ、ベビーシッターをしてくれる日本人留学生を探しているんだけど、心当たりないかな？」

テーブルに身を乗り出してきた安曇野を、驚きに目を瞠って見返した。

「日本人ですか？」

「俺としてはこの子たちに、日本語とフランス語をしっかり覚えさせたいんだ。でも、モニカといる時間が長いせいか、どうしてもフランス語になりがちで困っているんだよ」

最後に大きなため息をもらした安曇野が、身を引いて椅子の背に寄りかかる。

なかなか深刻そうだが、彼の気持ちは理解できた。日本語をきちんと使っているナオキに比べ、ハルキはフランス語が混じる。いまのままでは、日本語もフランス語も中途半端になってしまうだろう。

それにしても、なぜ留学生なのだろうか。日本人であれば誰でもいいような気がするだけに解《げ》せなかった。

「留学生限定なんですか？」

疑問を素直に投げかけた陽希を、安曇野が笑いながら見返してくる。

「限定というわけじゃないけど、こっちで暮らしている日本人でアルバイトを頼めそうなのは学生くらいだから」

「ああ、そうか……」

考えが及ばなかった陽希は、苦笑いを浮かべた。

パリ在住の邦人《ほうじん》はかなりの数にのぼる。中には時間を持て余《あま》し、働きたいと思っている主婦もいるだろう。

けれど、午後から夜まで拘束《こうそく》されるとなると、二の足を踏んでしまうに違いない。どうしてそこに気づかなかったのだろう。

手広く探すより、午後の二時か三時に講義が終わる学生に的を絞ったほうが早く見つかるに決まっている。

「あっ……」

「どうかした？」

小さな声をもらした陽希を、安曇野が不思議そうに見つめてきた。

「午後三時くらいから夜にかけてでよければ、僕がやりますけど？」

周りの留学生に声をかけるまでもなく、自分で引き受ければいいことだと思っただけなのに、安曇野が弾かれたように身を乗り出してきたから逆に驚いてしまう。

「僕じゃダメですか？」

「君が？　本当に引き受けてくれるの？」

信じられないと目を丸くしている彼に、笑いながらうなずき返す。

「ええ、僕でかまわなければ」

「ナオキ、ハルキ、タッキーがこれからも遊んでくれるぞ」

大きな声をあげた彼が、両隣の子供たちを抱き寄せる。

「スユーぺー《すごい》！　スユーぺー《すごい》！」

ハルキはテーブルを叩いて喜び、ナオキは嬉しそうに大きな瞳を瞬かせた。

彼らから歓迎され、陽希も自然と笑みがこぼれる。

「よかったよ、これでひと安心だ」

ため息交じりにつぶやいてマグカップを取り上げた安曇野が、安堵しきった顔で珈琲を啜った。

可愛い双子たちとこれからも一緒にいられる。なにより、安曇野の役にも立てる。そう思ったのもつかの間、問題があることに気づいた。

「あっ、でも……カフェのバイトが……」

「すぐに辞めるのは難しいかな？」

安曇野が冴えない表情を浮かべ、ぬか喜びさせてしまったことを後悔する。

急にアルバイトを辞めたいと言えば、〈ベルジュ〉の店主も困るだろう。とてもよくしてもらっていただけに、不義理な真似をするのは胸が痛む。

（どうしよう……）

喜びを露《あら》わにしている双子を前にすると、心が大きく揺れ動く。

「とりあえず話をしてみますね。それで無理だったら、誰か探してみます」

「ありがとう、そうしてくれると助かるよ。でも、俺としては君に頼みたいな」

安曇野から真っ直ぐに見つめられ、一瞬にして心が決まった。

最後の言葉にやられたのだ。誰かに熱望されたことなどない。君に頼みたいと言われただけで嬉しいのに、それを口にしたのが安曇野なのだから、なお嬉しい。

「パァーパ、これからタッキーとごほんよんだり、アニメみたりできるの？」

「まだ決まったわけじゃないけど、そうなるといいな」

「タッキーとあそべるといいなぁー」

顔を見合わせて笑っている親子を見つめる陽希は、どうあっても店主を説得するのだと心に固く誓っていた。

＊　＊　＊　＊　＊

安曇野のアパルトマンをあとにした陽希は、その足で〈ベルジュ〉に向かっていた。

「どう言えば納得してくれるかなぁ……」

カフェに向かう道すがら、店主に伝える言葉をあれこれ考える。

辞められるにしても、次が見つかるまで待ってくれと言われるはずだ。それくらいは理解しているけれど、なるべく早く辞めたい。

猶予期間をどれだけ短くできるかは、店主との交渉にかかっている。ただ闇雲に辞めたいと言ったのではだめだ。店主がしかたないと思うだけの理由が必要だった。

「うーん……」

これといった理由が思い浮かばず、陽希は思案顔で歩みを進める。

頭を痛めてまでも、カフェのアルバイトを辞めることを考えているのは、安曇野の存在が大きかった。

もちろん双子は可愛い。天使のような彼らと一緒に過ごせたら、どんなに幸せだろうかと思う。

けれど、それ以上に、せっかく知り合えた安曇野と接する機会を、ここで失いたくないという気持ちが強くあるのだ。

陽希はカフェで言葉を交わしたあの日から、安曇野のことがずっと忘れられずにいた。

胸に宿ったのは紛《まぎ》れもない恋心であり、もう一度、彼に会いたいとひたすら願ってきたのだ。

同性にしか興味を持てない人間なのだと気づいたのは、高校二年生のときだった。クラス替えで一緒になった男子生徒に、一目惚れをしてしまったのだ。彼が近くにくるだけで胸がときめいてしまう。並んで言葉を交わそうものなら、痛いほどに胸が高鳴り、その音が彼の耳に届いてしまうのではないだろうかと、恐れを感じるくらいだった。

まさに、寝ても覚めても彼のことばかり考える日々が続いた。そして、生まれて初めて自覚した恋心に苦しむ日々が続いた。

女性に恋愛感情を抱けない自分は友人と違う。どれほど好きでも、恋心を伝えることなどできるわけがない。

メディアでゲイが取り上げられるのが珍しくなくなっていても、誰も自分が同性から恋されているとは思わないだろうし、告白などされたら嫌悪感を抱くにきまっている。

そう信じて疑わなかった陽希は、あまりにも衝撃的な現実に打ちひしがれながら、将来についてひとり考えるようになった。

フランス文学、そして、フランス語が大好きだから、仏文科に進むことしか考えていなかった。

そうして、好きなフランス語を活かせる仕事を模索《もさく》した結果、翻訳者になりたいと思うようになった。

パリに留学した第一の理由は、直《じか》にフランス語に触れたかったからだ。けれど、自分のような人間は、恋愛に対して寛容な印象があるパリのほうが、生きていきやすいかもしれないといった思いも、心の片隅《かたすみ》にあったのだ。

とはいえ、恋愛がしたくて留学の道を選んだわけではない。目標は翻訳者になることであり、アルバイトをしながら勉強をする日々を送ってきた。

好きな人ができたら、そのときに考えればいい。東京を離れたことで、それくらい気持ちは楽になっていて、早く恋人がほしいと思うこともなかった。

もとより、胸が熱くなるような相手との出会いがなかったのだ。パリに来てからの一年半は、思っていた以上に平穏《へいおん》に過ぎていった。

大学の講義も残すところ半年となり、同じように日々は過ぎていくと思っていたところに安曇野が現れ、何年ぶりかに恋しいという気持ちを覚えた。

ただ、安曇野は結婚をして子供をもうけている。恋が叶う見込みはゼロに近いだろう。

それに、名前と職業しか知らない相手に恋したところで、どうなるものでもないと諦めていた。

なぜなら、彼はあの日、またカフェに来ると言い残していったけれど、あれから一度も姿を見せなかった。だから、はなから再会できるとは思っていなかったのだ。

「安曇野さんとハルキ君たちのためにも、早くバイトを辞めたいんだけどなぁ……」

間もなく〈ベルジュ〉に着いてしまうというのに、上手い言い訳がいっこうに思い浮かばないでいる。

ベビーシッターをやりたいという気持ちは、まったく揺らいでいない。実らない恋の相手のそばにいたら、初恋のときと同じように辛《つら》い思いをするだけだとわかっている。

それでも、安曇野と少しでも一緒にいたい気持ちが勝《まさ》っていた。たとえ、思いを打ち明けられなくてもかまわない。二度と会えないと思っていたからこそ、彼のそばにいられる機会を逃したくなかった。

『ハルキ、今日は休みなのにどうしたんだい？』

裏通りに足を踏み入れたとたん、〈ベルジュ〉の店主から声をかけられ、考え事に耽《ふけ》っていた陽希は息を呑んで足を止める。

でっぷりとした身体に、ふくふくとした顔をしている店主は、外見に違《たが》わず人当たりがいい。

ゆったり目の白いシャツに黒いパンツを纏い、長い前掛けをした姿は、いかにも街に根付いた老舗《しにせ》カフェの店主といった風貌《ふうぼう》だった。

『こんにちは』

表情を取り繕って明るく声をかけた陽希は、急いで店主に歩み寄っていく。

『カプチーノでも飲んでいくかい？』

『いえ、今日はちょっとお願いがあって……』

先に飲み物を勧められてしまい、ただでさえ言いだしにくい内容の話をしようとしているのに、ますます言葉が出なくなる。

『お願い？』

訝《いぶか》しげに眉根を寄せた店主が、空《あ》いているテーブルの椅子にどっかりと腰かけ、陽希を手招きしてきた。

テーブルが埋まるにはまだ時間が早いこともあり、テラス席は閑散《かんさん》としている。座って話をしても誰の邪魔にもならない。

本来であれば、人の目につかない店の裏口あたりで話がしたかったけれど、とても無理そうだった。

『失礼します』

恐縮しつつ椅子に座った陽希は、肩から斜めがけにしていたバッグを揃えた膝に置き、店主と真っ直ぐに向かい合う。

『実はアルバイトを辞めたくて……』

『なんだって？』

話を切り出してすぐ店主が驚きの声をあげ、先を続けられなくなってしまった。

『なぜだい？　せっかく仕事にも慣れて、お客さんもつくようになったというのに……』

『すみません……小さな子供を二人抱えた知人がいるんですけど、ベビーシッターが見つからなくて困っているんです』

落胆しきっている店主を前に申し訳ない思いを募《つの》らせながらも、陽希は勇気を振り絞って説明をした。

嘘はつきたくない。とにかく、ありのままを話して納得してもらうしかない。そんな思いだった。

『ベビーシッターを？』

『知人は日本人なので、子供の面倒も日本人に見てほしいそうで……でも、頼める人がいないと言われてしまって……』

『そうか、困っている人がいるんだな……』

『すぐにでもベビーシッターを始めたいんですけど、僕が急に辞めたりしたらお店も大変だと思いますので、次のアルバイトが見つかるまで……』

『なにを言ってるんだね？　人助けに猶予《ゆうよ》は禁物だ。店のことなど心配せず、友人の手伝いをしてあげるといい』

テーブルに片手をついて難儀《なんぎ》そうに立ち上がった店主が、陽希の肩を軽く叩いてきた。

『給料の精算をしてくるから、ここで待っていてくれないか』

『ありがとうございます』

すぐさま椅子から立ち上がり、店の中に入っていく店主に深く頭を下げる。

「ビックリしたぁ……」

これほどまで簡単に理解を示してくれるとは思っていなかっただけに、店主の人柄にいまさらながらに感心すると同時に感謝した。

これで、明日からベビーシッターを始められる。安曇野と双子はきっと喜んでくれるだろう。

一刻も早くこのことを安曇野に報告したい。一緒に遊べるようになったことを双子に伝えたい。

意外なほどすんなりとアルバイトを辞めることができた陽希は、そわそわしながらテラス席で店主が戻ってくるのを待っていた。

＊＊＊＊＊

一時間もしないで舞い戻ってきた陽希を、安曇野は快く部屋に迎えてくれた。

そうして、リビングルームに通されるなり、店主の計らいでアルバイトを辞めることができ、明日からでもベビーシッターとして通えることを伝えた。

「本当に？　明日から？」

陽希とのあいだに双子を挟んでソファに座っている安曇野が、急《せ》いた口調の報告を聞くなり驚きの声をあげて見返してきた。

「聞いたか？　明日からタッキーが来てくれるぞ」

子供たちに視線を移した彼が、二人の小さな頭をクシャクシャと撫で回す。

「タッキーとあそべるのー？　すごーい」

「凄《すご》いだろう？　大好きなタッキーが遊んでくれるんだぞ」

「わーい、わーい」

歓声をあげてソファに立ち上がった双子が、同時にぴょんぴょんと跳びはねる。

全身で喜びを露《あら》わにされ、陽希は嬉しくなった。懐《なつ》いてくれている彼らと過ごす時間が楽しくなりそうだ。

「うわっ」

跳ねていたハルキがことさら高く飛び上がり、座っている陽希に向き合う格好で膝を跨《また》いできた。

そのままぴとっと抱きつかれ、一瞬、呆気《あっけ》に取られたものの、すぐに両手を背に回して小さな身体を安定させてやる。

「タッキー、だーいすき」

無邪気なハルキを見て小さく笑うと、すかさず安曇野が同じようにナオキを膝に載せて抱き寄せた。

ナオキは不満の声をあげるでもなく、大人しく座っている。きっと、不公平にならないようにと、安曇野が気遣ったのだろう。

父親に抱っこされて嬉しそうに笑っているナオキの表情に、双子を育てる苦労を垣間見た気がした。

「で、三時からで大丈夫？　前もってモニカに伝えておかないといけないから、確実な時間を教えてくれないか？」

「あっ……」

ふとモニカとの契約が気になった陽希が小さな声をもらすと、安曇野がどうしたのかと言いたげに首を傾げた。

「急に労働時間を減らされたら、モニカさんが怒るのでは？」

「彼女にはだいぶ前から、もうひとりベビーシッターを雇うことになるかもしれないと話してあるし、もともと無理して夜まで働いてもらっていたから、そのへんは大丈夫だ」

「そうでしたか……」

モニカに関して問題はなさそうだったが、留学生の陽希はビザの問題を抱えていた。

ため息交じりの声が気になったのか、安曇野がナオキをあやしながら不安げな顔を向けてくる。

「まだなにかある？」

「僕は学生ビザなので、週に二十時間しか働けなくて……」

「ああ、そうだったな」

渋い声をもらした安曇野が、大きく息を吐き出す。

実際に許されているのは年間に九六四時間以内の労働であり、厳密に週二十時間以内と決められているわけではない。

それに、個人的に雇われるのだから、黙っていればやり過ごせそうでもある。けれど、彼が建築事務所の経営者であることを考えると、法に触れるような真似はしないほうがいい。彼が思案顔で黙ってしまったのは、同じ考えだからだろう。

「安曇野さんが仕事から戻られるのは何時くらいですか？」

「早く帰るようにしているけど、七時か八時くらいになってしまうこともあるんだ」

「じゃあ、一日置きで週に四日、三時から八時までにすれば二十時間で収まりますね」

安曇野の話を聞いて考えた末に、週に二十時間に収まることを前提に無難な提案をしてみた。どうだろうかと反応を窺ってみると、彼は納得し難い顔をしている。

「それでもいいんだけど……」

そう言って一呼吸置いた彼が、向かい合っているナオキを前向きに抱き直し、陽希に身体の正面を向けてきた。

「俺は土日が休みなんだ。だから月曜から金曜まで毎日、四時から八時だと助かるんだけど、厳しいかな？」

真剣な面持ちで提案してきた彼に、陽希は即座にうなずき返す。

「大丈夫です」

「我が儘を言って申し訳ない」

「我が儘なんて……本当に大丈夫ですから」

無理などしていないからと、笑ってみせる。

カフェのアルバイトが一日置きで週に二十時間だったから、それと同じように考えただけであり、毎日通うことに異論などなかった。

「よかった。で、時給はモニカと同じでいいかな？　十ユーロなんだけど」

「えっ？」

安堵の表情を浮かべた安曇野から提示された報酬に、陽希は思わず目を瞠《みは》る。

「少ない？」

「ち、違います！　カフェの時給が七ユーロだったから、十ユーロって言われてびっくりしてしまって……」

眉根を寄せて見返してきた彼に慌てて首を振ってみせ、驚いた理由を説明した。

留学生のアルバイトとしては、七ユーロでもかなり条件がいいほうなのだ。

なかなか好条件の働き口が見つからず、五ユーロで皿洗いをしている友人から、いつも羨《うらや》ましがられている。

だから、十ユーロという破格の時給を提示され、陽希は唖然としてしまったのだ。

「じゃあ、十ユーロで。一応、週払いにしてるけど、日払いでもかまわないよ？」

「週払いで大丈夫です」

「了解、明日からよろしく頼むよ」

柔らかに微笑んだ安曇野に、笑顔で深く頭を下げる。

「こちらこそ、よろしくお願いします」

「よろしくおねがいしますー」

膝に載っているハルキが、真っ直ぐに見上げてきた。

愛らしい笑顔を目にして、思わず小さな身体を抱きしめる。

「こちらこそ」

双子の前では頬が緩みっぱなしだ。

明日から週に五日、彼らと一緒にいられると思うと、嬉しくてたまらない。安曇野と過ごせる時間は少ないけれど、言葉を交わせるだけで幸せな気分になれそうだった。

「そろそろ夕飯の時間だから一緒にどうだい？　といっても、昨日、市場で買ってきた総菜《そうざい》の残りだけど」

「でも……」

先ほど焼き菓子と珈琲《コーヒー》をご馳走《ちそう》になったばかりなのだから、さすがに夕食の誘いに乗ったりしたら図々《ずうずう》しいと思われそうで、首を縦に振れないでいた。

「食べたあとに家の中の説明とかしようと思ったんだけど、そんな時間ない？」

安曇野の言葉にすぐさま考えを改め、陽希はにこやかに答える。

「いえ、時間はありますから、ご一緒させていただきますね」

「じゃあ、向こうで」

視線をキッチンに向けた安曇野が、ナオキを抱いたまま立ち上がり、そのままキッチンに向かう。

「ハルキ君、ご飯の時間だよ」

膝から下ろそうとすると、ハルキがしがみついてきた。

どうやら、ナオキと同じように、抱っこしたまま連れて行ってもらいたいらしい。

「ちゃんと掴まっててね」

ハルキの尻の下に手を回し、しっかりと抱え込む。すると、彼は素直に小さな手を陽希の首に回してきた。

頬を擦り寄せてきた彼から、ほのかにミルクの香りが漂ってくる。それがなんとも心地よく感じられた。

「よいしょっと……」

かけ声とともにソファから立ち上がり、安曇野のあとを追う。

いったい体重はどれくらいあるのだろうか。抱き上げるくらいは楽にできても、歩くとなるとかなりの重労働だ。

苦もなく前を歩く安曇野との体格差を、思い知らされた。と同時に、自分に双子の世話ができるのだろうかと、少し不安になってくる。

「タッキー、おうちにくるのデュ・ドゥマン《あした》？」

「そう、明日から毎日だよ」

落とさないよう腕に力を入れながらハルキの顔を覗き込むと、嬉しそうに瞳を輝かせて見返してきた。

笑顔が本当に可愛い。彼の笑顔に不安が吹き飛ぶ。きっと、どれほど疲れていても、同じように吹き飛んでしまいそうだ。

「抱っこしてきたんだ？　重かっただろうに」

キッチンに入っていくと、陽希を見て安曇野が笑った。

屈託《くったく》のない笑顔に、胸が熱くなる。恋心は募っていくばかりだ。

それでも、絶対に思いが届くことのない相手だとわかっているから割り切れる。なにも期待などしていない。

「まだまだ若いですからね、ハルキ君くらないいらどうってことないです」

安曇野たちと一緒に過ごせるだけで幸せに思える陽希は、思いのほか晴れやかな気持ちで強がってみせていた。

第三章

午後四時きっかりに安曇野のアパルトマンを訪ねた陽希は、無愛想な顔のモニカに迎えられた。

安曇野から引き継ぎの場に立ち会えないと聞かされていたから、彼女が迎えてくれることは承知していたけれど、思っていた以上に険悪な感じで戸惑いを覚える。

『安曇野さんからお話は伺っています。坊ちゃまたちはお昼寝を始めたばかりですから、うるさくしないようにしてください。おやつはキッチンの戸棚に入っています。では、また明日』

モニカはぶっきらぼうに言うだけ言うと、陽希が挨拶をする間もなくそそくさと帰ってしまった。

「なんか怖いんだよなぁ……」

静かにドアを閉め、足音を立てないよう気をつけつつリビングルームに向かう。

無理して夜まで働いてもらっていたという安曇野の話を信じるのであれば、いきなり労働時間が減ったことに対して怒っているわけではなさそうだ。

「嫌われてるのかな？」

市場で初めて会ったときによくない印象を持ったであろうモニカは、それを引きずっているのだろうか。

どちらにしろ、彼女と顔を合わせるのは、アパルトマンで引き継ぎをするときだけだ。親しくなったほうがいいとは思うけれど、言葉を交わすのは玄関での数分でしかなく、無理して好かれる必要はなさそうだった。

「さてと……」

斜めがけにしているバッグをソファの脇に下ろし、双子が昼寝をしている子供部屋に向かう。

大学の帰りだから、さして普段と変わらない格好をしている。白地に青い縞模様の長袖シャツに、紺色のデニムパンツ、そして、履き慣れたスニーカーだ。

廊下には毛足の長い絨毯が敷かれているから気を遣うこともないのだが、双子が寝ていると思うと無意識に忍び足になる。

昨日、安曇野から家の中をひととおり案内してもらっていた。

ダイニングルームとキッチンの他に、主寝室、書斎、子供部屋、二つの客室がある。

窓からノートルダム大聖堂を望めるキッチンは西側にあり、リビングルームの大きな窓は南に向いていた。

主寝室、書斎、子供部屋は東側に並んでいて、リビングルームの向かい側が客室になっている。

間取り自体はシンプルで、玄関から真っ直ぐに伸びた廊下と、その先にある廊下が直角に繋がっているだけだ。

けれど、とにかくひとつひとつの部屋が広い。陽希の小さなアパルトマンとは比べようもない広さには、ただ呆れるばかりだった。

これほどまでに贅沢なアパルトマンで暮らしている安曇野は、依頼が後を絶たないくらい腕のいい建築家なのだろう。

外国で成功している日本人は少なくない。安曇野はざっくばらんで気取ったところがないけれど、成功者のひとりであってもおかしくないように思えた。

仕事の内容に触れられる状況に至っていないから、勝手にあれこれ想像するしかない。

「家賃を聞いてみたいけど、聞いたらショックを受けそうだよなぁ……」

陽希は長い廊下を歩きつつ、ひとりつぶやいて苦笑いを浮かべる。

しばらくすると横に伸びた廊下に出た。正面が書斎で、右手側に安曇野の寝室、左手側に子供部屋があった。

いったん足を止め、耳を澄ませてみる。子供立ちの声は聞こえてこない。まだ眠っているようだ。

ことさら足を忍ばせて子供部屋の前まで行き、そっとドアノブを回して押し開けた。

部屋の一番奥に、可愛らしいベッドが並んで置かれている。床は板張りになっていて、片隅にどっしりとした木馬、さまざまな形態の自動車が整然と並び、端に絵本がきちんと積まれていた。

安曇野が言うには、双子が昼寝をしているあいだに、モニカが部屋やキッチンの片付けをしてくれていたらしい。

だから、彼女が休みの土曜と日曜にここへ来てみれば、悲惨な状態の部屋が見られるよと、冗談とも本気ともつかないことを言って笑っていた。

ひとり暮らしを始めたことで家事に慣れた陽希は、モニカの代わりを自ら引き受けることにしていた。

安曇野はそこまでしなくていいと言ってくれたのだが、双子が昼寝中はこれといって他にすることもない。

それに、これだけ贅沢な部屋を散らかり放題にしておくのはもったいない気がしたのだ。

「寝てる、寝てる……」

つま先立ちでベッドに歩み寄っていく。

二つのベッドは五十センチほど離して並べてある。そのあいだに立ち、交互に双子の寝顔を眺める。

横向きに寝ている彼らは、ふかふかの黄色い毛布にくるまり、小さな頭を枕に載せてすやすやと眠っていた。

どちらも毛布から片手だけ出している。軽く握られている小さな手が、ときおりピクピクと動いた。

「寝相《ねぞう》まで同じなんだ……」

向かい合う格好で寝ているから、まるで鏡に映したかのようで面白い。

声を押し殺して笑った陽希は、そのまま床にしゃがみ込んだ。しばらく二人を眺めていたくなったのだ。

床に座って膝を胸に引き寄せ、両手で抱え込む。そうすると、彼らの顔と目の高さが同じになり、眺め放題になった。

「なんか、むにゃむにゃ言ってる……」

同じ夢でも見ているのだろうか、二人とも寝言を言っている。

従姉にベビーシッターを頼まれたときも、寝ている子供の顔をよく眺めていた。

子供の寝顔は無条件で可愛いものだ。だから飽《あ》かず眺めてしまう。そんなものだと思っていたけれど、双子は可愛さに目を奪われるだけでなく、なぜかわくわくしてきた。

「動きがシンクロしてるからかなぁ」

とにかく同じ動きをするから楽しくてしかたない。

ハルキが手で目を擦《こす》れば、ナオキもまったく同じことをする。

「あっ……」

ほぼ同時に寝返りを打って仰向《あおむ》けになり、ぽっかりと口を開けた。

呼吸のリズムまで一緒で、同じように毛布が上下する。

見ていて飽きないとは、まさにこのことだろう。今度はどういった動きをするだろうかと気になって、彼らから目が離せないのだ。

「昼寝は一時間くらいって言ってたけど……」

座ったまま部屋を見回すと、ペンギンの形をした時計が壁に掛かっていた。

「目を覚ますのは五時ごろかな？」

モニカは昼寝を始めたばかりだと言っていたから、双子はしばらくは起きそうにない。

ずっと寝顔を眺めていたかったけれど、片付けをすると自分から言い出した以上、ここで時間を潰すわけにはいかない。

静かに立ち上がった陽希は、後ろ髪を引かれる思いで子供部屋をあとにし、キッチンへと向かった。

「あれー、きれいになってる……」

キッチンに入ってみると、きれいさっぱり片づいていて、洗い物ひとつ残っていない。

「おやつの用意でも……」

モニカの言葉を思い出し、戸棚の扉を開けてみる。

棚の一番下に、クッキーが描かれた丸くて平たい缶が入っていた。手に取ってフタを空《あ》けてみると、甘くていい香りが漂ってきたけれど、見た目はどこにでもあるようなクッキーだった。

「どうせなら手作りのお菓子のほうがいいよな」

おやつを作ってあげようと思い立ち、フタを閉めて缶を棚に戻した。

とはいえ、マドレーヌの作り方は知らない。仮に知っていたとしても、ここに必要な道具や材料が揃っているとは思えない。

「パンケーキならいけるかも！」

小麦粉、牛乳、卵、バターくらいならあるような気がし、冷蔵庫や戸棚を片っ端から開けて材料を探した。

フランスではクレープが一般的で、カフェのメニューでよく目にする。家でも普通に焼いて食べるらしく、家庭料理のひとつといえた。

クレープよりもボリュームがあるものが食べたければ、パンケーキになるだろうか。最近では、パンケーキを何枚も積み上げ、クリームや果物を添えた皿を街中でもよく目にするようになっている。

クレープは焼くのが難しそうであり、なおかつ、一枚や二枚では満足感が得られない。とにかく腹を満たすのが目的だから、陽希が作るのはいつもパンケーキだった。

「あった、あった……」

幸《さいわ》いなことにすべて揃っていたうえに、メープルシロップまで見つけ、ホクホク顔で準備に取りかかる。

自炊《じすい》している陽希にとって、小麦粉は必需品だ。手に入れやすく、そのうえ値段も安くて使い勝手がいい。

小麦粉を使ってお好み焼きやパンケーキを作れば、パンやパスタを買う必要がなく、食費がかなり節約できるから一石二鳥なのだ。

「えーっと、ホイッパーは……」

料理をいっさいしないという安曇野の家に、ホイッパーがあるわけがない。代用できそうなものを探していると、何膳《なんぜん》もの箸が見つかった。

箸を眺めてみたかぎりでは、あまり使った形跡はなかったけれど、たまには日本料理を食べるのかもしれない。

「これでいいや」

箸を纏めて使えば、多少はホイッパーの役目を果たしそうだった。

「あーっ、フライパン……」

材料が揃っても、フライパンがなければ焼くことができない。

慌ててフライパンを探し出す。この際だから、どんな大きさでもかまわない。とにかく、パンケーキが焼ければいいのだ。

「見つけたぁ……」

シンクの下にある引き出しの一番奥に、ようやくフライパンを発見した。取り出してみると、少しだけ使った形跡がある。

安曇野の話から察するに、彼は双子が二歳になる前に離婚したようだ。それほど前のことではないから、このアパルトマンで結婚生活を送っていた可能性もあり、別れた彼の妻が料理の際に使ったフライパンかもしれない。

「どうして離婚したんだろうな……」

離婚の理由など知る由《よし》もないけれど、やはり安曇野のことだけに気になる。

「安曇野さんて非の打ち所がない感じだけど……」

彼に恋してしまったから、すべてがよく見えているのは自覚している。それでも、おおらかで、優しくて、子煩悩《こぼんのう》な彼のどこが気に入らなかったのだろうか。

「あんな可愛い子供たちを手放せるなんて、ホント、信じられない」

母親がいない双子が寂しがっているだろうと思うと、安曇野の別れた妻に問いただしたい気分になった。

「でも、こうやって僕がここにいられるのは、安曇野さんが離婚したからだし……」

会うこともないであろう先妻のことを、自分があれこれ考えてもしかたないと思い直した陽希は、パンケーキ作りに専念する。

ボウルに割り入れた卵を、纏めて握った箸で盛大に掻き混ぜていく。作り方を習ったわけではないから自己流だ。

失敗を繰り返しながら、粉と混ぜる前に卵をよく泡立てておくと、ふっくらとした焼き上がりになることを学んでいた。

ボウルに箸があたる音がキッチンに響いたけれど、陽希は気にすることなく続ける。子供部屋まで距離があるだけでなくドアを閉めているので、昼寝の妨《さまた》げにはなりそうもないからだ。

「これでよし」

小麦粉、牛乳、卵を混ぜ合わせたあと、生地がほどよい硬さであることを確認したところで、コンロにフライパンを置いて火をつける。

フライパンが熱くなるのを待ってから少量のバターを溶かし、生地を流し込んでいく。早くもキッチンにいい香りが漂い始めた。甘さを含んだバターの香りには、人を幸せにする効果があるのではないだろうかと、そんなことを思ってしまう。

「喜んでくれるかなぁ……」

双子の反応が少し気がかりだったけれど、きっと喜んでくれるに違いないと信じ、表面に気泡《きほう》ができ始めたパンケーキを見つめる。

「上手くひっくり返せるかな？」

フライ返しの代わりに見つけた幅の狭い木べらを手にした陽希は、真剣な面持ちでパンケーキを裏返す。

「いい感じ」

ほどよく焼き色がついた生地を見て、ひとり満足感に浸る。

調理道具は本当に必要最低限のものしかなかったけれど、食器は驚くほど豊富《ほうふ》に揃えてあり、真っ白な大きな楕円形の皿と揃いの小皿、そして、デザート用のフォークとナイフをテーブルに用意した。

他所のキッチンでも普段と同じようにできるとわかれば、自然と気持ちも大きくなるもので、せっせとパンケーキを焼いては大皿に盛っていく。

目分量で作った生地で、直径十センチほどのパンケーキが七枚焼けた。幼い子供のおやつとしては充分な量だろう。

『モニーカ、おなかすいたよー』

扉が開く音が聞こえると同時に元気なハルキの声がキッチンに響いた。

「こんにちは」

パンケーキの仕上げに取りかかっていた陽希が顔を上げて声をかけると、水色のスエットを着た双子がパッと目を瞠り、同時に顔を見合わせる。

二人とも、まるで狐につままれたような顔になっていた。その表情がなんとも愛らしくて、陽希はつい目尻が下がる。

「タッキーだぁ」

声を揃えた二人が、ぺたぺたと音を立てて駆け寄ってきた。

目を覚ました彼らは、ベッドから出たその足でキッチンにきたようだ。

気候がよくなってきているとはいえ、キッチンの床はタイル張りで冷たい。風邪を引いてしまわないかと心配になった。

「お部屋に戻って靴下を穿こうね」

「いいにおいがするー」

陽希の声に耳を貸すことなく、鼻をくんくんさせたハルキがテーブルに手をついて背伸びをする。

「わーい、パンケーキだー」

テーブルに手をついたまま、ハルキがぴょんぴょんと跳びはねた。

「ほんとだー」

少し遅れてテーブルの上を覗き込んだナオキが、ハルキと同じように身体全体で喜びを露わにしてくる。

「椅子に座らせれば大丈夫か」

座ってしまえば床から足が離れるから、冷えることもないだろうと陽希は思い直す。

「さあ、座って」

子供用の椅子を引き出してやると、二人がよじ登るようにして座った。

「タッキーがつくったのー？」

「そうだよ、凄いだろう？」

テーブルに身を乗り出しているハルキを見下ろし、得意げに笑ってみせる。

自慢がしたかったわけではない。自ら「凄い」と口にすれば、きっとハルキは真似をしてくるだろうと思ってのことだ。

「すっごーい、すっごーい」

ハルキは思惑どおり陽希の口真似をし、フランス語を使わなかった。

言葉を覚え始めた子供に、日本語とフランス語を混ぜるなと注意したところで、すぐには理解できないだろう。

時間はかかるかもしれないけれど、こうして少しずつ誘導していけばそのうち自然に区別して話すようになるだろうと、陽希はそう思っていた。

「たべていいのー？」

「お皿に取ってあげるからちょっと待って」

さっそくフォークを手にしたハルキを制し、小皿にパンケーキを取り分け、バターを載せてシロップを垂らしていく。

双子が固唾《かたず》を呑んで見守っている。大きな瞳をキラキラと輝かせ、パンケーキを見つめていた。

「はい、どうぞ」

二人の前に皿を下ろそうとしたところで、陽希はハタと手を止める。

「先にお手々を洗おうね」

「えーっ」

二人が同時にぷくっと頬を膨らませた。

すぐそこにパンケーキがあるのに、お預けを食《く》らわされたのだから機嫌を損ねてもしかたない。

「おやつのときは、おててあらわなーい」

「パァパもいいっていってるー」

双子から次々に声があがり、陽希は眉根を寄せる。

(そういえば……)

初めてここに招かれたとき、確かに双子はおやつの前に手を洗わせなかった。

ただ、あの日は帰宅してすぐに、彼らは手洗いとうがいをしていたから、いまの状況とは異《こと》なる。

双子は早くパンケーキを食べたがっているし、洗面所に行って手を洗っていたら、焼きたてを味わってほしかったのに冷めてしまう。

とはいえ、二人はまだ幼いのだから、食事の前の手洗いは欠《か》かせない。仕事として子供の世話を引き受けた以上は、完璧にやり遂《と》げたかった。

「ちゃんとお手々を洗ったら、明日もおやつを作ってあげるよ」

「ほんとー？」

「明日はなににしようかなぁ……焼きたてのクッキーも美味しいよねぇ……」

もったいぶった言い方をした陽希を、二人が大きな瞳で見上げてくる。

その顔つきから、かなりそそられているとわかった。このぶんなら、言うことを聞いてくれるだろう。

「さあ、お手々を洗いにいこうか」

「はーい」

素直に返事をして、いそいそと椅子から降りた二人が、そのまま洗面所に向かって走り出す。

「あっ、靴下」

ぺたぺたという足音に彼らが素足だったことを思い出し、急いでキッチンを出た陽希は靴下を取りに子供部屋に飛び込む。

ベッドの脇に置かれた椅子の上に、小さな靴下が二足きちんと揃えてある。昼寝をする前に脱いだ靴下を、モニカが揃えて置いたのだろう。

靴下を掴んで子供部屋を出た陽希は、双子の声が聞こえてくる洗面所に足を向ける。

「ハルキ、せっけんかしてー」

「ぼくがつかってるのー」

どうやら石けんの取り合いをしているらしい。

「ちゃんと洗えてるかなぁ？」

声をかけつつ洗面所に入っていくと、踏み台に並んで乗っている双子が、鏡越しに陽希を見てきた。

「あらってるー」

「ハルキがせっけんかしてくれないのー」

鏡に映った得意げなハルキと不満げなナオキの表情があまりにも対照的で、思わず笑ってしまう。

「仲良くしないとダメだよ」

手にした小さな靴下をデニムパンツの尻ポケットに突っ込み、ハルキが独り占《じ》めしている石けんを取り上げ、ナオキに渡してやる。

「よく洗ってね」

「はーい」

元気な声を揃えた二人が、手に着いた泡を洗い流していく。

「お手々、見せて」

二人の手を順に取り、充分に泡が落ちているかを確認し、蛇口を閉めて水を止める。

すると、ハルキがそのまま洗面所を出て行こうとした。

「こら、手を拭いてからだよ」

咄嗟にハルキの前に回り込み、陽希は行く手を阻んだ。

いけないことをした自覚があるのか、ハルキはぺろっと舌を出したけれど、大人しくその場に留まった。

「手を拭いたらおやつだからね」

言い聞かせながら、棚から取り出した新しいタオルで二人の手を拭いてやり、靴下を穿かせて洗面所をあとにする。

キッチンに戻ってくるなり椅子によじ登って座った彼らが、フォークを手に陽希を見上げてきた。

「どうぞ召し上がれ」

ようやく許しを得られた彼らは、嬉しそうに笑って顔を見合わせると、同じようにフォークをパンケーキに突き刺した。

「あっ、そうか……」

ナイフが用意されているのに使わないのは、まだ上手く扱えないからだろう。けれど、フォークだけを使ったのでは、パンケーキに齧《かじ》りつくことになる。あまり行儀のいいものではない。

案の定、彼らは椅子から精一杯、身を乗り出し、フォークに刺したパンケーキを顔を近づけている。

「ちょっと待って」

陽希が慌てて制止すると、彼らがムッとした顔で見返してきた。

二度も止められれば、そんな顔もしたくもなるだろう。気が回らなかった自分が悪いのだから、ここは謝るしかない。

「ごめんね、僕が切ってあげるから」

脇から手を伸ばしてナイフを取り上げ、ハルキが持つフォークを借りてパンケーキを小さく切っていく。

しばらく放置されていたパンケーキは、バターがすっかり溶け、シロップとともに染み込んでしまっている。

焼きたてを食べさせてあげようと意気込んでいたから、残念でしかたない。とはいえ、彼らのためにおやつを作る機会はいくらでもある。

初日なのだから、多少の失敗はしかたない。明日からしっかりやればいいのだと、陽希は開き直る。

「はい、お待たせしました」

止められた理由を理解したのか、椅子にきちんと座り直し、大人しく待ってくれていた彼らに声をかけ、借りたフォークをハルキに返した。

「もう止めないから、食べて大丈夫だよ」

フォークを握った二人から疑り深い視線を向けられ、両手を広げてどうぞ召し上がれと勧めながらも苦笑いを浮かべる。

「いっただきまーす」

ようやく安心したのか、パンケーキを食べ始めた。

「冷めちゃったけど、どう？　美味しい？」

「おいしー」

短く答えたハルキが、次から次へとフォークに刺したパンケーキを口に運ぶ。

「タッキーのおやつおいしいね」

一呼吸置いたナオキが、満面の笑みを向けてくる。

プロが作るものとは比べようもないほど味に差はあるだろうが、喜んで食べる二人の様子を目の当《ま》たりにしたら、嬉しさが込み上げてきた。

「なんか楽しいな……」

これまでは自分が食べるためだけに料理をしてきたから、人から感想を言われたことがない。

感想は本当に短いものではあったけれど、こんなにも嬉しいものだとは思わなかった。

美味しいと言ってくれた彼らのために、レパートリーを増やさなければという意欲が湧いてくる。

「タッキー、ミルクがほしいー」

感慨深い思いに耽っていた陽希は、ナオキの声にハッと我に返った。

「ああ、そっか……温かいの？　冷たいの？」

「つめたいのー」

声を揃えた二人が、一緒に見上げてくる。

MILK

「すぐに用意するからね」

急いで食器棚から取り出したグラスを二つ並べてテーブルに下ろし、冷蔵庫から牛乳を持ってきた。

グラスの半分ほどまで牛乳を注ぎ、彼らの前に置いてやる。パンケーキに使ったから、牛乳が残り少ない。おかわりをされたら、明日の朝のぶんがなくなってしまいそうだ。

「もっとちょーだい」

心配しているそばからハルキにおかわりを要求され、どうしようかと思いつつグラスに牛乳を満たしていく。

(散歩に行ったついでに買っておくか……)

午前中にモニカが二人を散歩に連れて行くから、午後は無理をしなくていいと安曇野から言われている。

やんちゃな盛りで手がかかるから、慣れないうちは無理をするなということなのだろうと理解していた。

けれど、アパルトマンからほどない場所に食料品店がある。子供を連れて往復しても、十五分とかからないだろう。

「少ししたら、お散歩に行こうね」

「はーい」

二人の返事が見事に揃っている。

無意識のこととはいえ、声を発するタイミングがまったく同じだから感心してしまう。

幼い子を相手にしていると、いろいろな発見があり、従姉の子を預かるたびに驚かされてきた。

双子ともなると、また違った発見があるだろう。きっと、これまで以上の驚きがあるに違いない。

「あっ、垂れる……」

ナオキが口に運ぼうとしているパンケーキから、シロップが滴《したた》りそうになっている。

慌てて脇から手を伸ばした、ナオキのスエットに雫が落ちる寸前で受け止めた。

「いい味」

なんの気なしに掌を舐めた陽希は、独特の香りを持つメープルシロップのほどよい甘さに目を細める。

「タッキーもいっしょにたべよーよ」

ハルキから誘われ、仕事中だからどうしたものか迷う。

安曇野からは、とくになにも禁止されていない。仕事を終えて戻るまでのあいだ、子供たちが退屈しないでいられるように、遊び相手になってほしい。二人から目を離さないでいてくれればそれでいいと、そう言われている。

「そうしよっかな」

一緒におやつを食べ、双子に楽しんでもらうのも仕事のうちだ。

食器棚から皿とフォークを持ってきた陽希は、二人のあいだにある椅子に腰かける。

雇い主が座る椅子を使うことに一瞬、躊躇《ためら》いを覚えたけれど、向かい側の席では双子の面倒が見られない。

それに、この椅子を使ったと知っても、安曇野が窘《たしな》めてくるとは思えなかった。彼のことをよく知っているわけではなくても、会話や態度から伝わってくるおおらかさにそう感じたのだ。

陽希が自分の小皿にパンケーキを取ると、双子が同時に視線を向けてきた。両隣に目を向けてみると、どちらの小皿にも一切れずつ残っているだけだ。

「もう少し食べられそう？」

「たべるー」

「じゃあ、切ってあげるからちょっと待って」

「ちょっとまつー」

ハルキばかりかナオキまでが、陽希の言葉を真似てきた。

ハルキと対照的に大人しいナオキは、これまで遠慮がちに接してきていたけれど、ここにきて急に慣れてきたようだ。一気に距離が縮んだ気がして嬉しくなる。

「はい、どうぞ」

それぞれの皿に切ったパンケーキを載せてやり、自分のために新たな一枚を皿に取り分けた。

「いただきます」

「いっただきまーす」

再び真似をしてきた二人が、フォークに刺したパンケーキを大きく開けた口に運ぶ。

食欲旺盛な様子が、なんとも言えず微笑《ほほえ》ましい。

子供の成長は早い。食べて、遊んで、寝てを繰り返す彼らは、すくすくと大きくなっていくことだろう。

どんなふうに変わっていくのか、見届けたい気がする。日に日に変化していく彼らを見ているのは、きっと楽しいに違いない。

「一緒に食べると美味しいね？」

「おいしー！」

双子と顔を見合わせながらパンケーキを頬張《ほおば》る陽希は、まるで彼らの親になったかのような気分になっていた。

＊　＊　＊　＊　＊

「あっ、パァパだー」

「パァパ、かえってきたー」

絵本を読んでいる陽希の声に耳を傾けていた双子が、突然、ソファから飛び降りた。

「えっ？」

いきなりのことに驚き、絵本から視線を上げる。

どこにも安曇野の姿はない。玄関のドアが開く音か、廊下を歩く足音でも聞こえたのだろうか。

まったく気がつかなかった陽希は、リビングルームを飛び出していった二人を慌てて追いかける。

「パァーパ、タッキーがねー、おやつつくってくれたのー」

「いっしょにおさんぽもしたよー」

玄関のほうから、子供たちのはしゃぎ声が聞こえてきた。

どうやら、彼らは玄関のドアが開く音を聞きつけたようだ。

退屈しているようすはなかったけれど、父親の帰りを心待ちにしていたのだろう。

「安曇野さん、愛されてるんだなぁ……」

男手ひとつで育てている安曇野の苦労も、双子の愛があれば容易に報《むく》われそうだ。

「お帰りなさい」

子供たちと一緒に廊下を歩いてくる彼を、陽希は満面の笑みで迎える。

「ただいま。おやつを作ってくれたんだって？」

にこやかに声をかけてきた安曇野が、子供を連れてキッチンに入っていく。

ラフでありながら洒落たスーツ姿の彼は、両手に大きな紙袋を提《さ》げている。子供たちに紙袋が当たらないよう、高く持ち上げているから大変そうだ。

「すみません、勝手にキッチンを使わせてもらいました」

「ああ、好きにしてくれてかまわないよ」

詫びながらキッチンに入っていた陽希は、気にするなと言いたげに笑った彼を見て胸を撫で下ろす。

「で、なにを作ってもらったんだ？」

紙袋をテーブルに下ろした彼が、屈み込んで双子の顔を覗き込む。

「パンケーキ！」

声を揃えた双子の頭を撫でながら、安曇野が驚いたような顔で陽希を見てきた。

「材料、買ってきてくれたの？」

「いえ、必要なものが揃っていたので、作ってみようかなって……」

「ウチにあるものでパンケーキができるなんて凄《すご》いな」

「ひとり暮らしで、そのうえ貧乏生活だから、必要に駆られて自分で料理するようになったんです。やっているうちにいろいろ覚えて、いまではまあそこそこって感じで」

「しかたなく始めてもパンケーキが作れるようになったのは、君に素質があったからだと思うな。俺にはとうてい無理そうだ」

身体を起こして苦々《にがにが》しく笑ったが、テーブルに置いた紙袋の中身を取り出していく。

「君と一緒に夕飯を食べようと思って、多めに買ってきたんだ」

「ごはんねー、まだいらないのー」

テーブルに並べられた総菜の数々を目にしたハルキが、父親を見上げてぶんぶんと首を横に振った。

遅い時間におやつをたらふく食べたせいで、彼らはまだ腹が空《す》いていないらしい。

「すみません、おやつを食べたのが五時ごろなんです……」

夕食の時間を楽しみにしていたであろう安曇野に申し訳なさが募り、陽希は肩を窄《すぼ》めて項垂《うなだ》れる。

「じゃあ、もう少しあとにしよう」

彼は機嫌を損《そこ》ねたふうもなく、空《から》になった紙袋をたたみ始めた。

「あの……安曇野さん、お腹が空いているんじゃありませんか？」

「朝はこの子たちに食べさせるだけで精一杯だから、夕食くらいは一緒に食べたいんだ」

脚に纏わり付いている双子を、安曇野が両腕に抱き寄せる。

慌ただしい朝は子供が優先で、本人は食事をする時間もないのだろう。せめて夕食だけでもと思うのは、子供を愛する父親として当然のことなのだ。

家族揃って夕食を楽しめるように、明日からはおやつを食べさせる時間や分量を考えないといけない。

「もうしばらくすれば、この子たちもお腹が空くと思います。僕、夕食の用意をしますから、安曇野さんは向こうで休んでいてください」

せめてもの償《つぐな》いにと思って提案したのに、安曇野は渋い顔で見返してくる。

「そんなことをしたら、帰るのが遅くなってしまうよ」

「時間なら大丈夫ですよ。どうせ家に帰っても自分で夕飯を作らないといけないんだし、せっかくだから一緒に頂《いただ》いてから帰ります」

「ホントに？」

ちょっと嬉しそうな弾んだ彼の声に、笑顔でうなずき返した。

「食費も浮きますから」

「それなら、俺も手伝うよ」

そう言った安曇野が、善は急げとばかりに上着を脱いで椅子の背にかけ、シャツの袖を捲り上げていく。

「ぼくもおてつだいー」

「ぼくもー」

なにか楽しいことが始まるとでも思ったのか、双子が一心に父親を見上げる。

「おまえたちにお手伝いができるのか？」

安曇野はその場にしゃがみ込み、子供たちの顔を交互に見つめた。

頭ごなしに訊ねるのではなく、あたりまえのように子供と目線を合わせる。そうしたさりげない動きに、目を奪われる。子供たちと向かい合っているときの彼は、本当に優しげで男としての魅力に溢れていた。

「できるー」

「じゃあ、みんなで一緒に夕飯の用意をするか」

元気溌剌《はつらつ》とした返事を聞いて安曇野も納得したのか、子供たちの頭にポンと手を乗せて立ち上がる。

先日、ここで夕食をご馳走《ちそう》になったときは、すでに総菜がテーブルに並んでいた。

手伝いができるのかと子供たちに訊ねたところをみると、いつもは彼がひとりで食事の用意しているのだろう。

仕事から帰ってきても、休んでいられないのだから大変だ。なにか彼にしてあげられることはないのだろうかと、陽希はふとそんなことを思った。

「わーい、わーい」

喜んでいる無邪気な双子に目を向けつつ、食器棚に向かう。

「タッキー、大きめの皿を五枚、頼むよ」

「はーい」

背中越しに声をかけてきた安曇野を、返事をしながら軽く振り返った。

テーブルに手をついて背伸びをしている子供たちに、彼は総菜が入っている容器を見せている。
どうやら、料理の説明をしようとしているらしい。はなから手伝わせるつもりはなかっ
たのかもしれない。
子供たちは父親のそばにいたいだけ。彼も子供たちと一緒にいたかっただけ。そんな気
がしてきた。
総菜を皿に移す作業などさしたる労力を必要としない。彼らの手を煩《わずら》わせるまでもなく
できることだから、楽しそうな親子の邪魔をせずにおこう。
（賑《にぎ》やかでいいな……）
途切れることのない笑い声、ときおりあがる歓声に、勝手に顔が綻《ほころ》ぶ。
ひとり暮らしにはもう慣れたけれど、やはり話相手がいない夜には寂しいと思うことが
ある。
耳に届いてくる安曇野たちの楽しそうな声に、家族の一員になれたらどんなに幸せだろ
うかと思いながら、陽希は総菜を盛りつける食器を選んでいた。

第四章

講義もアルバイトも休みの土曜日、陽希《はるき》は久しぶりに長い時間を自分のアパルトマンで過ごしている。

ベビーシッターを始めてからは、帰宅をするのがいつも夜の九時ごろで、二、三時間だけ勉強をしてベッドに入るという日が続いていた。

そんなこともあり、今日はフルに時間が使えると意気込み、午前中は講義の復習に費《つい》やし、昼食を挟んで予習に取り組み始めた。

二年間の留学も、残すところ半年弱だ。日本を飛び立ったときから、パリで働こうと決めてきた。けれど、それには就労ビザを取得する必要がある。

二年間の講義を終えるまで仕事先が決まらなければ、帰国を強《し》いられてしまうから、陽希はうかうかしていられない状況にあった。

翻訳で生計《せいけい》を立てたいという気持ちに変わりはないが、いきなりフリーの仕事が舞い込んでくるはずもない。

翻訳本を扱うエージェントを何社か訪ねてみたが、実績がない留学生の陽希などけんもほろろの扱いだ。

「ふぅ……そろそろ晩ご飯の時間か……」

ひと息ついて時間を確認した陽希は、大きく伸びをして椅子から立ち上がる。

自分のために夕食を作るのも久しぶりだ。毎日のように安曇野《あずみの》から誘われ、夕食をご馳走になっている。

いつも市場で買ってきた総菜ばかりだから、彼らのために食事を作ってあげたい気持ちがあるのだが、さすがに差し出がましい気がして言い出せないでいた。

「なんにしようかなぁ……」

ひとりつぶやきながら、小さなキッチンに向かう。

「それにしても静かすぎる……」

毎日のように双子を相手に賑やかな時間を過ごしているからか、誰もいない部屋にひとりでいるとやけに寂しく感じられる。

何日も顔を見ていないわけでもないのに、元気で愛らしい双子に早く会いたくてしかたない。

「安曇野さん、なにしてるんだろうな……」

笑っている双子の顔に被《かぶ》さるように、柔らかに微笑む安曇野の顔が浮かんできた。

一緒に過ごす時間が増え、いろいろな話をするほどに、どんどん彼に魅せられていく。

けれど、はなから実らない恋だと諦めてしまっているせいなのか、あまり辛《つら》さを感じていない。

懸命に双子をひとりで育てている安曇野に必要とされ、少しだけであっても自分が役に立っていると思うと幸せでいられた。

「カレーでいっか……」

作るのが面倒になり、親が日本から送ってくれたレトルトカレーと、炊《た》いて冷凍してある白飯ですませることにした。

親からいっさい仕送りを受けていない。日本の大学に四年間通わせてもらったうえに、留学にかかる費用まで面倒を見てもらうのは心苦しい。

なにより、自ら決めた留学だから親には頼らないと決め、日本の大学に通っていたときにアルバイトで貯めた金と、子供のころからコツコツと貯めてきたお年玉を資金にした。

とはいえ、学費、家賃、食費などで、日々、貯金は減っていく。こちらでアルバイトをして得た賃金を足しても、生活に余裕などできない。

遠く離れた日本で暮らしていても、親には息子の窮状が容易に察せられるのか、ときおり段ボール箱いっぱいに食料を送ってきてくれるのだ。

「ビーフかチキンか迷うなぁ」

戸棚から取り出したレトルトカレーの箱を見比べていると、奥から軽やかなリズムの着信音が聞こえてきた。

「誰だろう……」

カレーの箱を調理台に下ろし、急いで机まで戻る。

置きっ放しのスマートフォンに目を向けると、安曇野の名前が表示されていた。

「なんで?」

彼から電話がかかってくるのは初めてだ。

いきなりのことに胸騒ぎを覚えた陽希は、あたふたとスマートフォンを取り上げて電話に出る。

「はい、滝村《たきむら》です」

『タッキー、申し訳ないんだけど、これから来てもらえるかな?』

聞こえてきた安曇野の声が少し辛そうに感じられ、なにが起きたのだろうかと焦《あせ》った。

「僕は大丈夫ですけど、いったいどうしたんですか?」

『昼くらいから急に具合が悪くなって、ベッドから出られないいんだよ』

「具合が？」

『君しか頼める人がいないんだ、申し訳ないけど……』

「わかりました、すぐに行きます」

慌ただしく電話を終えた陽希は、スマートフォンをデニムパンツの尻ポケットに突っ込み、ショルダーバッグを掴んで部屋を飛び出す。

他に頼る人がいないと言われて、断れるわけがない。とにかく、安曇野のもとに急がなければと、アパルトマンの薄暗い階段を駆け下りていった。

＊　＊　＊　＊　＊

「急性胃炎？」

パジャマ姿でベッドに横たわり、肩まで引き上げている上掛けに両の腕を出している安曇野を、脇に立っている陽希は唖然とした顔で見下ろす。

「ああ、ストレスからくる急性胃炎だと言われた」

柔らかな枕に頭を預けたまま、安曇野が力なく笑う。

陽希に連絡を入れる前に、緊急往診サービスを呼んで診断してもらったとのことで、すでに薬も出されていた。

パリには〈SOSメドゥサン〉と名付けられた二十四時間体制の往診システムがあり、電話をかければ地域を巡回している医師が駆けつけてくれる。

存在は知っていたけれど、すっかり忘れてしまっていて、土曜日に診察してくれる病院はあっただろうかと心配していた陽希は、ひとまず胸を撫で下ろした。

「パァーパは、ぽんぽんがいたいのー」

「でーも、おいしゃさんがおくすりでなおるってー」

ベッドの足元に並んで腰かけている双子は、具合の悪い父親をあまり心配している様子がない。

往診に来た医師が、幼い子供の不安を取り除いてくれたのだろうか。理由は不明だったけれど、泣いているかもしれないと思っていただけに、笑顔を見て安心した。

「立ち話もなんだから、座って」

安曇野がクローゼット脇に置かれた椅子を指さす。

「ありがとうございます」

病人に気を遣われて申し訳ない気持ちになりつつも、いろいろ訊きたいことがある陽希は、ベッド脇まで運んできた椅子に腰かける。

「俺、ストレスで胃をやられるなんて初めてだよ」

寝返りを打ってこちらを向いた安曇野が、苦々しく笑う。

冴えない顔色で、表情はどこか苦しそうでもある。子供たちの手前、弱音を吐けないだけで、かなり胃が痛むのだろうか。

「話をしていて大丈夫ですか？」

「ああ、薬を飲んだし、横になっていれば楽だから」

小さくうなずいた安曇野が、わずかに目を細めた。

「あの……ストレスって……」

訊いていいものかどうか迷ったけれど、ストレスの原因が子育てだとしたら、自分にも手助けができそうな気がしたのだ。

「ちょっと仕事が忙しくてね、こっちに持って帰って明け方までやったりとかしていたから寝不足気味で、たぶんそのせいじゃないかな」

「明け方まで？」

横になったまま肩をすくめた安曇野を見て、陽希はわずかに眉根を寄せた。

「コンペの期日が迫っていて、どうあっても間に合わせないといけなくてね。それに、多少、胃の調子が悪くても、仕事が片付けば収まると思ってたから……」

「急に痛み出したわけではないんですか？」

「二、三日前から、食べると痛くなってた」

椅子から身を乗り出していた陽希は、こともなげに言った安曇野に呆れてしまう。

ここ数日の夕食時に、彼は一度たりとも辛そうな顔を見せていない。呆れるほど食欲旺盛で、子供たちと賑やかに食事をしていた。

子供たちを不安にさせたくない彼は、胃の調子が悪いことを気づかれないようにと無理をしていたのだろう。

子を思うからこそ元気に振る舞っていたのだろうが、我慢したあげくに寝込んでしまったのでは意味がない。

「どうして言ってくれないんですか？　胃が痛いって言ってくれたら、お粥《かゆ》でもなんでも作ってあげるのに……」

子供に知られたくない気持ちは理解できるけれど、自分にだけは言ってくれてもよかったのにと、そう思わずにはいられなかった。

「タッキーは優しいんだな」

「だって……」

「ありがとう、嬉しいよ」

わずかに身を乗り出してきた彼が、揃えた膝に置いている陽希の手を軽く叩いてくる。

あまりにも突然のことに、ドキッとして身体が硬直した。

「あっ、あの……」

激しく動揺しているから、言葉が上手く紡《つむ》げない。

それればかりか、彼の手から伝わってくる温《ぬく》もりに、鼓動がとてつもなく速くなった。

「えっと……子供たちのご飯はまだですよね？　材料を買ってきたので、食事の用意しますね」

どうにか腰をあげた陽希は、あたふたと子供たちのそばに行く。

ベッドからぴょんと飛び降りた二人と手を繋ぐと、少し落ち着いてきた。

「すまない、なんと礼を言えば……」

「気にしないでください。いつもご馳走になってるからお返しです」

「ありがとう、本当に君がいてくれて助かった」

再び枕に頭を預けた安曇野が、心から安堵したような表情を浮かべる。

すぐに飛んでくるような人間は、自分くらいしかいなかったのかもしれない。

けれど、頼りにしてくれているのは間違いなく、感謝の言葉に嘘はないとわかるから、嬉しさが込み上げてきた。

「あっ、今日、泊まっていきましょうか?」

ふとした思いつきを口にした陽希を、安曇野が迷い顔で見上げてくる。

「そうしてもらえると有り難いけど……」

「べつに予定もないし、僕はかまいませんよ」

この期に及んで遠慮などしなくていいのにと思いつつ笑顔を向けると、急にハルキが繋いでいる手を引っ張ってきた。

「タッキー、おとまりするのー?」

「パパがいいって言ってくれたらね」

陽希が答えるや否《いな》や手を離したハルキとナオキがベッドに飛び乗り、寝ている安曇野の身体を小さな手で揺さぶる。

「パァーパ、タッキーとあそびたーい」

「いっしょにあそぶー」

子供たちにせがまれて顔を綻ばせた安曇野が、陽希を見上げてきた。

「お言葉に甘えさせてもらうよ」

安曇野の返事を聞いた双子が、揃っていそいそとベッドから下りてくる。

満足げに笑っている彼らと顔を見合わせ、小さく笑った陽希は改めて手を繋ぐ。

「寝るときは客間のベッドを使えばいいか……ああ、あと、俺のでよければ洗ったパジャマが脱衣所の棚にあるから、それを着てくれないか」

「はい」

安曇野にうなずき返し、子供たちに声をかける。

「さあ、ご飯にするよー」

「わーい」

嬉しそうな声を寝室に響かせた双子が、手を繋いだまま先に歩き出す。

手を引っ張られてしかたなく歩き出した陽希は、苦笑いを浮かべて安曇野を振り返る。

「あとは僕に任せて、安曇野さんはゆっくり休んでくださいね」

「ああ」

素直にうなずき返してきた彼が、寝返りを打って仰向けになった。

やはりまだ辛いのかもしれない。しばらくは、おとなしく寝ているしかないだろう。

一日中、父親と一緒にいられるのが土曜と日曜しかない双子は、さぞがし残念に思っているに違いない。

絶対に寂しい思いをさせたくない。とことん子供たちの相手をしてやらなければと、陽希は自らに強く言い聞かせる。

「今日の晩ご飯はねぇ、オムライスだよ」

「オムライスー？」

「なにそれー」

陽希の言葉に、手を引っ張って歩いていた双子が、大きな瞳で見上げてきた。

「食べたことない？」

「なーい」

見上げたまま声を揃えた双子を寝室の外へと促し、明かりを消してそっとドアを閉めた陽希は、キッチンに足を向ける。

元気な盛りの子供たちに、静かにしていろと言うのは酷な話だし、そんなことはしたくない。

幸いにもキッチンと寝室は離れているから、双子の大きな声も安曇野の耳には届かないだろう。

彼の眠りを妨《さまた》げないためにも、できるかぎりキッチンで過ごしたほうがよさそうだ。

「赤くてちょっと甘いご飯を卵で包んであるの。すっごく美味《おい》しいんだよ」

手を繋いで廊下を歩きながらオムライスの説明をすると、双子が顔を見合わせておかしそうに笑った。

「あかくてあまいごはんだってー、へんなのー」

「おやつじゃないのー？」

彼らは興味津々《しんしん》だ。

両親ともに日本人であっても、早くに母親と別れて暮らすようになった双子は、オムライスについてまったく知らないらしい。

子供が好きそうな料理はなんだろうかと考えた末に、ナポリタンとオムライスが頭に浮かび、どちらも作れるように途中で材料を買い揃えてきた。

「ナポリタンは食べたことある？　赤いパスタ」

「あかいパスタってへーん」

どうやら彼らはナポリタンも食べたことがないらしい。

「じゃあ、明日はナポリタンにしようね」

「ナオキ、ナッポリターンだってー」

「どんなのだろーねー」

キッチンを目の前にして不意に陽希の手を離した双子が、勢いよく駆けていく。

彼らが静かなのは寝ているあいだだけで、それ以外のときは溢れんばかりのエネルギーを発散《はっさん》している。

急性胃炎を起こしたのは、仕事のストレスが溜まったせいだと安曇野は言っていたけれど、たぶん子育ての疲れが気づかないうちに溜まっていたのだろう。

「明日もゆっくり休んでもらおう」

こんなときくらいしか休めないのは可哀想だが、この機会を逃してしまったら、彼は次にいつゆっくりできるかわからない。

双子と一緒に過ごすのが楽しくてしかたなく、少しも苦《く》に感じていない陽希は、安曇野が元気になるまで泊まってもかまわないくらいに思っていた。

＊　＊　＊　＊

夕飯を終えて少し遊んだあと、双子と一緒に風呂に入った陽希は、彼らにスエットのパジャマを着せ、自分は安曇野から借りたパジャマを身につけ、子供部屋に戻ってきた。

安曇野のパジャマは思っていた以上に大きく、袖と裾を何重にも折り返している。

他人のパジャマを借りるのが初めてなうえに、安曇野が普段から着用しているものだから、なんとも妙な気分だった。

「ハルキ君、ダメだってば、まだ乾いてないよ」

風呂上がりの濡れた髪をタオルで拭いてやっているのに、ハルキはちっとも大人しくしていない。

陽希が泊まっていくのが嬉しいのか、いつも以上にはしゃいでいる彼は、隙あらば逃げ出そうとするのだ。

ナオキはといえば、子供部屋の床にぺたんと座り、頭に被せたタオルで自らせっせと髪を拭いている。

戸籍上は先に生まれたナオキが長男となっているが、安曇野は双子に兄も弟もあるものかといった考えらしく、けっして「お兄ちゃんだから」とか「弟だから」といった言い方をしない。

そうやって分け隔《へだ》てなく育てられたはずなのに、直に接した双子にはあきらかな違いがあり、ナオキのほうが兄らしく見えてしまうから不思議だ。

「もうかわいたー」

両手でグイッと陽希を押しやってきたハルキが、自分のベッドに飛び乗る。

「もう……」

大きなため息をもらし肩を落とした陽希は、手にしているタオルを首に引っかけ、ナオキに向き直った。

「ナオキ君、拭いてあげるよ」

一心に髪を拭いていたナオキが、顔を上げて嬉しそうに笑う。

「ちゃんと乾かさないと風邪を引いちゃうのにねぇ」

ナオキの頭に乗っているタオルを軽く両手で押さえ、ベッドで跳びはねているハルキを見つつ丹念に拭いていく。

とうに夜の九時を回っている。三歳に満たない子供は、とっくに寝ていておかしくない時間だ。

いつだったか、子供たちが眠りに就くのはいつも十時ごろなのだと、安曇野から聞かされたことがあった。

なかなか陽が落ちないせいで、外がいつまでも明るいため、早い時間に子供たちが寝てくれないらしい。

たまたま忙しい時期でしかたなかったとはいえ、子供たちを寝かしつけたあとに仕事をしていたのでは、安曇野も寝不足になろうというものだ。

「乾いたかなー？」

ナオキの頭からタオルを外し、髪に指を滑り込ませて確かめる。

ふわふわで柔らかな髪は、タオルで拭いただけで充分に乾いていた。

「これでよーし」

ぺたんと座っているナオキの腰を掴み、そのまま抱き上げる。

「さあ、ベッドに入ろうね」

「はーい」

ベッドまで運んでやると、ナオキは自分から毛布に潜《もぐ》り込んだ。

「まだねむくなーい」

そんなことを言いながら、ハルキがベッドで跳びはねる。

「もう寝る時間だよ」

陽希がベッドの端に腰かけると、はしゃいでいたハルキがピタリと動きを止めた。

「パァーパにおやすみなさいいうー、パァパにあいたいー」

「パパはまだお腹痛いのが治ってないから、明日の朝にしようね」

小さな手を取って優しく言い聞かせると、ハルキがぷくっと頬を膨らませた。

これまで、父親が寝込むようなことがなかったのかもしれない。ハルキが駄々《だだ》を捏《こ》ねるのは、やはり寂しいからだろう。

安曇野は常に子供の前では父親らしくあろうと、どんなに大変な状況であっても頑張ってきたに違いない。

「あしたになったらパァーパにあえるのー？」

「会えるよ。だから、今日はいい子にしてようね？」

「じゃあ、おうたうたってー」

ふっと顔を綻ばせたハルキが、陽希に抱きついて甘えてくる。

「お歌を歌ったら、おねんねする？」

「するー」

二つ返事をしたハルキが、そそくさと毛布の中に入っていく。

聞き入れてもらえなかったらどうしようかと思っていた陽希は、自ら毛布を肩まで引き上げたハルキを見て安堵する。

「いつもパパはどんなお歌を歌ってくれるのかな？」

「パァーパはぞうさんのおうたしかうたえないのー」

返事をしてきたのは、ナオキのほうだった。

ハルキに目を向けていた陽希は、いけないとばかりにサッとナオキを振り返る。ナオキの存在を忘れていたわけではない。それでも、自己主張が強いハルキに、どうしても意識が向かいがちになってしまう。

口にこそ出さないが、ナオキだって寂しいはずだ。ちゃんとナオキの相手もしてあげなければと、陽希は思いを改める。

「そうなんだ？　じゃあ、違うお歌にしよっか」

ナオキと顔を見合わせて言いつつ、どこで歌えばいいのだろうかと迷う。

片方のベッドに腰かけていたのでは、不公平になってしまうような気がする。

いつも安曇野がどうしているのか訊きにいくわけにもいかず、陽希は迷った末にベッドのあいだに正座をした。

これなら公平に声が届くだろうし、自分からも二人の様子が同じように見える。

陽希が二人がかけている毛布にそっと手を乗せると、興味津々とこちらを見ていた彼らは素直に頭を枕に預けた。

「チューリップのお歌だよ」

毛布に乗せた手で優しくリズムを取りながら、陽希は静かに歌い始める。

「さいたー、さいたー、チューリップの花がー……」

大人になって童謡などすっかり忘れてしまっていたけれど、従姉から子守を頼まれるようになって覚え直した。

とはいえ、最後まで歌い通せるのはたったの三曲で〈こいのぼり〉、〈しゃぼん玉〉そして、〈チューリップ〉だけだ。

双子が〈ぞうさん〉をリクエストしてこなかったのは、不幸中の幸いだった。

「かぜにー、ゆれるー、チューリップの花にー、とぶよー……」

三番の歌詞を歌い始めたところで、双子の頭が同時にコトンと片側に倒れ、陽希はそっと身を乗り出す。

歌うのをやめて耳を澄ましてみると、かすかな寝息が双方から聞こえてきた。

「寝ちゃった……」

静かに立ち上がり、小さな身体が毛布に覆われているのを確認し、音を立てないように忍び足で子供部屋をあとにする。

息を殺してドアを開け、廊下に出てから改めて子供たちに目を向けた。もうすっかり眠りに落ちているようだ。

「おやすみ」

口だけを動かした陽希は、照明のスイッチを切ってからドアを閉めた。

あとは、彼らが途中で目を覚まさないことを願うだけだ。

「寝てるかな……」

安曇野のことが気になり、彼の寝室の向かう。

部屋の前まで来てドアノブを握ったものの、ノックをすべきかどうか迷った。

ノックもしないでドアを開けるのは失礼だろう。けれど、もしノックの音で目を覚ましてしまうようなことがあったら、寝ていた彼に申し訳ない。

「失礼しまーす……」

考えあぐねた末に、ノックをすることなくこっそりドアを開けると、サイドテーブルに置かれたライトの明かりが点《つ》いていた。

「タッキー、どうした？」

陽希に気づいて声をかけてきた安曇野が、片肘をついて上体を起こす。

「起こしちゃいましたか？」

「いや、ちょっと前に目が覚めたところだよ」

彼に手招きされ、ドアを閉めてベッドに歩み寄る。

「座って」

安曇野から勧められた陽希は、数時間前に自分がベッド脇まで運んできた椅子に腰を下ろした。

「夕飯を食べてから少し遊んで、子供たちと一緒にお風呂に入らせてもらいました」

「もう寝た？」

「はい、いま寝かしつけてきたところです」

陽希の報告を聞いた安曇野がのそのそと起き上がり、引き寄せた枕を背に挟んで寄りかかる。

「ありがとう」

彼は笑顔で礼を言ってきたけれど、その表情はまだ少し辛そうに感じられた。

「具合はどうですか？　食べられそうならお粥を作りますけど」

「せっかくだけど、もうちょっと時間を置いたほうがよさそうだ」

安曇野が申し訳なさそうに肩をすくめる。と、その拍子に痛みが走ったのか、顔をしかめた。

しばらくそうして痛みを堪《こら》え、深く息を吐き出す。苦しげな様子を見ているだけで、こちらの胃まで痛くなりそうだ。

「痛みが取れないんですか？」

「だいぶ楽にはなったけどね」

またしても彼の顔が歪《ゆが》む。あまりにも辛そうで見ていられない。

「身体を起こしてるから痛むんじゃないんですか？　横になっていたほうがいいですよ」

居ても立ってもいられなくなり、椅子から腰を上げた陽希は、安曇野がクッション代わりにしている枕に手を伸ばした。

「その前に、薬を飲まないと……」

「あっ……すぐにお水、持ってきます」

彼の言葉に手を引っ込めた陽希は、急いでキッチンへと向かう。

冷蔵庫から取り出したミネラルウォーターをグラスに注ぎ、零さないように注意しながら早足で寝室に戻っていった。

「なにからなにまで申し訳ない」

グラスを差し出した陽希を見上げ、安曇野が自嘲的《じちょうてき》な笑みを浮かべる。

世話をかけている自分を、彼は情けなく感じているのだろう。

しかたがない状況にあったのだから、そんなふうに思ったりする必要などない。それでも、ひとりで頑張ってきたからこそ、人の手を煩《わずら》わせる自分が許せないのかもしれない。

「ちゃんとお薬を飲んで身体を休めれば、すぐによくなりますよ」

こうした言葉が気休めにもならないことはわかっているけれど、声をかけるくらいしかできないのが口惜しい。

「はぁ……」

薬を水で流し込んだ安曇野が、サイドテーブルにグラスを置くなりベッドに横たわる。

なんだか、かなり辛そうだ。彼に呼ばれて駆けつけてきたときは、痛みに顔をしかめたりしなかった。子供たちの手前、我慢していたのかもしれない。

本当にただの急性胃炎なのだろうか。医師の診断は間違っていないのだろうか。胃を悪くした経験がないから、よけいに心配になってくる。

「大丈夫ですか？」

ベッド脇に立っていた陽希は、仰向けに寝ている安曇野の顔を覗き込む。

わずかだが眉間に皺《しわ》が寄っている。痛みが治まるどころか、酷くなっているように思えて、ますます心配になってきた。

「意外に心配性なんだな」

無理やり笑った彼が、無造作に指先で前髪をかき上げる。

「俺は大丈夫だから、そんな顔をしないで」

「でも……」

彼の言葉を信じたいけれど、ときおり痛そうに頬をヒクつかせるから信じられない。

大きな病院で診《み》てもらうように、勧めたほうがいいかもしれない。急患であれば、日曜日でも診てくれる病院があるはずだ。

「どうしたんですか？」

こちらは真剣に心配しているのに、安曇野が不意に笑ったものだから、思わず怪訝《けげん》な視線を向ける。

「俺のパジャマ、だいぶ大きかったみたいだな」

「あっ……」

自分がパジャマ姿であることをすっかり忘れていた陽希は、彼から指摘されて急に羞恥を覚えた。

次第に顔が赤くなってくるのが自分でわかる。照明はサイドテーブルの小さなライトだけで、さしたる明るさもないから彼は顔色の変化に気づかないかもしれない。

それでも、知られたくない思いがあった陽希は、さりげなくベッドから遠ざかる。

「なんか、その格好が妙に可愛く見える」

片手を頭の下に差し入れた彼が、楽しそうに笑った。

その言葉に、どんな意味があるのかは知りようもない。ただ、子供扱いされたような気がして、少し寂しくなった。

「タッキー……」

打って変わって静かな声で呼びかけてきた安曇野が、横になったまま手招きしてくる。

急にどうしたのだろうかと不安を覚えつつもベッドに近づくと、彼が片手を伸ばしてきた。

「今日は本当にありがとう」

手を握ってきた彼が、真っ直ぐに見上げてくる。

「ベッドから起き上がれなくなったとき、真っ先に君が頭に浮かんだんだ」

「安曇野さん……」

しっかりと握られた手を、どうしたらいいのかわからず、困惑顔で彼を見返す。

「無理を承知で頼んだから、すぐに行きますって君が言ってくれたときは、救われた思いだった」

「それは……状況がわからなくて安曇野さんが心配だったから……」

「でも、飛んできてくれて嬉しかったよ」

安曇野がいっこうに手を離してくれないから、どんどん鼓動が速くなっていく。

「君が通ってくるようになってから、子供たちはもちろんだけど、俺も毎日が楽しくてし

かたないんだ。君と出会えてよかったって、本当に思ってる」

そっと手を離した彼が、柔らかに微笑む。

向けられる眼差しが、どこか熱っぽく感じられてどぎまぎする。

「たまにこんな情けない姿を見ることになるかもしれないけど、これからも俺たちのことをよろしく頼むよ」

「はい」

素直にうなずき返すと、彼は静かに目を閉じた。

話し疲れてしまったのだろうか。いくらもせずに、寝息が聞こえてきた。

寝顔は穏やかだ。寝ているあいだは、痛みが治まるのかもしれない。

「おやすみなさい」

端整な顔をひとしきり見つめ、そっとグラスを持って寝室をあとにする。

極力、音を立てないよう注意を払ってドアを閉め、キッチンに足を向けた。

彼は感謝してくれただけで、すべての言葉に特別な意味などないとわかっている。

彼にとって自分は、頼りになるベビーシッター以外の何者でもない。二児の父親である彼が、同性に興味を持つはずがない。

「一緒にいられるだけでいいと思ってたけど……」

安曇野に恋しても無駄と諦めていたはずなのに、募る思いを抑え込めなくなっている。

「どうしよう……」

一か八か告白してみようか。予想外の結果になるかもしれない。

「ありえない……」

馬鹿な考えを起こした自分に呆れ、苦々しい思いで唇を噛みしめる。

結果など目に見えている。告白などしたら最後、安曇野ばかりか子供たちとも二度と会えなくなってしまう。

そのほうがよほど辛い。思いを胸に秘めておけば、これまでどおり楽しい時間が続いていくのだから、迷うまでもなかった。

当たって砕けろ的な勇気を持ち合わせていない陽希は、どれほど恋しくても安曇野には気持ちを伝えないでおこうと、改めてそう思っていた。

第五章

翌朝、陽希は安曇野の寝室の椅子に座ったまま目を覚ました。

いったんは客間のベッドに入ったものの、彼が気になってなかなか眠れず、そばについていることにしたのだ。

「よく寝てる……」

そっと顔を覗き込んでみると、安曇野はぐっすりと眠っていた。

顔色も少しよくなっているようで、まずは一安心だ。

最近の彼が寝不足気味だったことを思うと、好きなだけ寝かせてやったほうがいいような気がし、陽希はそのまま寝室を出て行った。

洗顔と着替えをすませて時計を見ると、まだ七時にもなっていない。子供たちはいつも八時に起きると聞いているから、まだ深い眠りの中にいるはずだ。

先に朝食の用意をしておこう。そう思って客間を出た陽希の耳に、子供たちの元気な声が聞こえてきた。

「あれ？」

不思議に思って子供部屋に足を向ける。

なにかしきりに二人で喋《しゃべ》っているようだ。こんなに早くから起き出して、なにをしているのだろうか。

ドアをノックしても返事がない。なにかに夢中になっていて、ノックの音も耳に入っていないようだ。

「おはよう」

ドアを開けて声をかけた陽希は、部屋の中を目にするなり絶句した。

「……っ」

床いっぱいに子供服、下着、靴下が散らばっている。

クローゼットの扉は開けっ放しで、中に収めてあるタンスの引き出しも、ほとんど引っ張り出してあった。

子供たちはといえば、パンツ一枚で突っ立っている。脱いだパジャマは、ベッドの上に放り出されていた。

（なんだよ、これ……）

思わず大きな声をあげそうになった陽希は、深呼吸をして気持ちを落ち着かせてから、彼らに歩み寄っていく。

「ハルキ君、ナオキ君、なにしてるの？」

呼びかけられてようやく陽希に気づいのか、二人が同時に目を瞠って見上げてきた。

「パァーパはー？」

「まだおねんねしてるよ」

声を揃えた双子に答え、改めてあたりに目を向ける。

退屈しのぎに服を引っ張り出して遊んでいたとも思えない。なにかしら理由があるはずだ。

「どうして、お洋服がいっぱい出てるの？」

「おきがえしてたのー」

パンツ一枚のハルキが、得意げに胸を張ってみせる。

「じぶんでおきがえしてパァーパにほめてもらうのー」

にこにこ顔で言ったナオキが、小さな手で掴んでいるシャツとトレーナーを陽希に見せてきた。

「どっちがいーい？」

どちらを着るか選びあぐねているらしい。

「こっちかなぁ」

床に膝をついて目線を合わせた陽希は、少し迷った振りをしてから、トレーナーを指さした。

昨夜、一緒に風呂に入ったとき、子供たちにパジャマを着せるだけで一汗《ひとあせ》掻いてしまった陽希は、彼らがひとりで服を着られないことを知っている。

父親の具合が悪いから、自分たちだけで着替えをしようという子供たちの心意気には感心するが、ボタンがついているシャツをひとりで着るのは無理だと判断したのだ。

「じゃあ、こっちにするー」

「それぼくがきるー」

脇から手を出してきたハルキが、ナオキの手からトレーナーを奪い取る。

「ぼくのなんだからー」

いつも穏やかなナオキが珍しく怒ったような声をあげ、ハルキの手からトレーナーを奪い返した。

「ぼくのだってばー」

ハルキも負けていない。トレーナーの奪い合いが始まる。

「二人とも喧嘩《けんか》しないの」

陽希は仲裁《ちゅうさい》しつつ、床を見回す。

洋服、下着、靴下は、どれも同じ色柄で二人分が揃えられているから、まったく同じトレーナーがどこかにあるはずなのだ。

「あれか……」

いくらも探すことなくハルキの足元に落ちているのを見つけ、すぐさま拾い上げる。

「はい、ハルキ君の」

同じトレーナーを手渡してやったのに、ハルキはポイと投げ捨てた。

「どうして放り投げるの？　ナオキ君のと同じだよ？」

「こっちがいいの－」

「もう……我が儘なんだからぁ」

手を伸ばしてトレーナーを引き寄せ、自分の膝に置いた陽希は、呆れ顔でハルキを見つめる。

「ぼく、それでいい」

持っていたトレーナーをハルキに押しつけたナオキが、陽希の膝に手を伸ばしてきた。

「ありがとう、いい子だね」

ナオキにトレーナーを渡した陽希は、大きなため息をもらす。

一日のうちで朝が一番、大変なのだと安曇野が愚痴《ぐち》をこぼしていたが、その理由にようやく納得できた。

着替えをさせるだけなのに、多大な労力を必要とする。賑やかで楽しくもあるのだが、愚痴のひとつも言いたい気分になっていた。

「逆だよ、ハルキ君、逆……」

ハルキが手を通そうとしているトレーナーが後ろ前であることに気づき、陽希は急いで彼に向き直る。

「こっちが前だよ」

いったん脱がしてトレーナーの前後を正してやると、ハルキが着せてくれとばかりに両手を前に出してきた。

自分で着ることを諦めたのか、ただ甘えたいだけなのかわからないが、可愛い仕草に目尻を下げた陽希は、袖が通しやすいようにトレーナーを持ち直す。

「タッキー、これでいいのー」

ナオキに呼ばれ、ハルキにトレーナーを着せながら振り返る。すると、彼はすでにトレーナーを着ていて、半ズボンまで穿いていた。

「すごーい、ナオキ君、ひとりで着られたんだ」

「これくらいできるもーん」

誉められたナオキが得意げに笑う。

「ぼくだってできるんだからー」

ハルキは負けず嫌いなのか、そそくさと床からナオキと同じ半ズボンを取り上げ、ひとりで穿き始めた。

ウエストにゴムが入っている半ズボンは、足を通すだけでいい。さすがに手を貸す必要はないだろうと思っていたら、足先を裾に引っかけた彼がバランスを崩す。

「危ないよ」

咄嗟に傾いた小さな身体を支えた陽希は、ハルキが半ズボンを穿くまで待ってやった。

あとは靴下を穿いて終わりだ。床に散らばった衣類の中から揃いの靴下を探しあて、それぞれに手渡す。

「自分で履けるかな?」

「はけるよー」

声を揃えた二人が、床に座って靴下を履き始める。

踵がない靴下は、前後を気にする必要がないから、二人ともすんなりと履き終えた。

「パァーパのおへやいくー」

「お着替えがすんだら後片づけでしょう？　パパに会うのはそれからだよ」

子供たちに言い聞かせつつ、床に目を向ける。

散らばっている衣類のすべてを、きちんと畳んで元の場所に戻すのかと思っただけでため息が出そうになった。

とはいえ、面倒なことを後回しにしたところで、いずれやらなければならないのだ。それに、子供たちに片付けることを教えるいい機会でもある。

「自分で出したものは、自分でしまおうね」

不満そうに頬を膨らませている双子に言い聞かせ、床に正座をして小さな服をたたみ始めた。

「ぼくもやるー」

隣に並んで座り、両足を投げ出したナオキが、陽希の手元を見ながら真似てくる。

「ぼくもー」

すかさず反対側に並んだハルキが、同じように両足を投げ出して座った。

子供たちは喜んで陽希の真似をする。同じことをするのが楽しいのだろう。

「はい、一丁あがりー」

畳んだシャツを前に置き、次のシャツに取りかかる。

「いっちょーあがりー」

すかさず口真似をした双子が、畳んだ半ズボンとTシャツを陽希に渡してきた。

幼い子供のすることだから、きちんと畳まれていない。それでも、彼らの努力を無駄にしたくない。

「よくできました」

笑顔で誉めながら両隣を交互に見た陽希は、タンスにしまうときに整えればすむことだと割り切り、自分の前に置いたシャツに二人が畳んだ分を重ねていく。

「パァーパ、おきたかなー?」

「お片付けが終わったら見に行ってみようね」

「はーい」

二人は素直に返事をしたが、父親に早く会いたくてしかたなさそうだ。

安曇野の具合はよくなっているだろうか。寝顔は穏やかだったが、昨日の今日だけに不安が残る。

食事ができるくらいに快復していることを祈るしかない陽希は、散らばっている衣類をかき集めながら、せっせと畳んでいた。

＊　＊　＊　＊　＊

「タッキー、おなかすいたー」

キッチンで朝食の用意をしている陽希を、子供用の椅子に腰かけて待っている双子が急《せ》かしてくる。

子供部屋の片付けを終えたあと、双子に洗顔と歯磨きをさせてから安曇野の寝室に行ってみると、彼はぐっすりと寝ていて起きる気配がなかった。

無理に起こすのが忍びなく、先に朝食にすることにしたのだが、子供たちは早起きをしたせいで空腹の限界にあるのか、しきりに急かしてくるのだ。

「もう少しでできるからね」

オムレツを焼きつつ振り返った陽希に、嬉しそうに笑った二人が同時にうなずく。

最初は料理をしている陽希に纏わりついてきたが、危ないから座っているよう促すと、意外にも素直に腰かけた。

とはいえ、ただジッとしているわけもなく、椅子をガタガタ揺らしてみたり、テーブルに並べた皿をフォークで叩いたりしている。

椅子を倒しやしないか、皿を割りやしないかと、気になってしかたなく、料理に時間をかけられない陽希は、オムレツ、クロワッサン、ホットミルクの三品で我慢してもらうことにしていた。

「おはよう」

「パァーパ！」

安曇野と双子の声がほぼ同時に聞こえ、ハタと調理の手を止めて振り返る。

「おはようございます」

「おはよう」

にこやかに返してきた安曇野は、格段に顔色がよくなっていた。

陽希はいったんコンロの火を消し、改めて彼に向き直る。

「パァーパ」

椅子から飛び降りた子供たちが、安曇野に駆け寄って行く。

「いい子にしてたか？」

その場にしゃがんだ彼は、両手を広げて子供たちを迎える。

無精髭《ぶしょうひげ》が伸びていて、髪もボサボサだ。目を覚ました彼は、早く子供たちに会いたい思いから、ベッドを出たそのままの姿でキッチンにきたのだろう。

「パァーパ」

声をあげて勢いよく胸に飛び込んでいった二人が、父親にしがみつく。まるで何日かぶりに会うかのような喜びようだ。

「おはよう」

安曇野が二人をきつく抱きしめ、小さな頬に何度もキスをする。

子供たちの嬉しそうな笑顔を見て、彼もまた嬉しそうに笑う。

なんともほのぼのとした光景に、胸が熱くなる。賑やかだけれど、どこか穏やかで微笑ましいこんな朝を毎日迎えられたら、どれほど幸せだろうか。

安曇野と一緒に双子の世話をして過ごす日々を送りたい。ずっと彼らのそばにいたい。

子供が好きだし、子供にも好かれる。でも、自分の子供を持つことはできないから、そんな夢を見てしまう。

どう足掻《あが》いたところで、叶わない夢だとわかっている。それでも、家族の一員になりたいという願いを消すことができないでいた。

「泊まってくれてありがとう。おかげでゆっくり眠れたよ」

両腕に子供を抱き上げた安曇野が、柔らかに微笑む。

「少しは痛みが取れましたか？」

「ああ、だいぶよくなった」

彼の笑顔を見れば、無理をしていないとわかる。

薬を飲み、充分な睡眠を取ったことで、胃炎が治まりつつあるのだ。快復に向かっているのがわかり、心から安堵した。

「ミルクを温めたんですけど、安曇野さんも飲みますか？」

「ミルクか……久しく飲んでないけど、胃にはよさそうだからもらおうかな」

「すぐに用意しますから、座っていてください」

「ありがとう」

床に下ろされた子供たちが子供用の椅子に座り、安曇野が中央の椅子に腰かける。

子供たちの笑みが絶《た》えない。父親のそばにいるだけで、二人は嬉しくてたまらないのだろう。

「そうだ、僕、今日はこのままずっといますから、ベッドで休んでいてくださいね」

ふと思い出して声をかけると、安曇野がわずかに眉根を寄せて見返してきた。

「これ以上、迷惑をかけられないよ。君だってやりたいことがあるだろう？」

「どうしても今日中にやらないといけないことなんてないですよ。それに、早くいつものパパに戻ってくれないと、この子たちが寂しがりますから」

もっと彼らのそばにいたいと思っているくらいなのだから、迷惑なわけがない。

なにより、ここで帰ってしまったら、安曇野が無理をしてしまいそうで不安なのだ。

「本当にいいの？」

「ええ」

「ありがとう、助かるよ」

「いえいえ、どういたしまして」

安曇野から真顔で感謝され、急に恥ずかしくなった陽希は冗談めかして笑い、調理台に向き直る。

「パァーパ、まだおねんねするのー？」

「いっしょにあそべないのー？」

双子からせがまれ、安曇野が笑い声をもらす。

声しか聞こえなくても、両脇に座る二人が父親に纏わり付き、一心に見つめているだろうことは容易に想像できた。

「パパはいい子でおねんねしないと、タッキーに叱《しか》られるからな」

「パァーパがしかられたらかわいそー」

「だろう？　だから、パパは大人しくおねんねだ」

「じゃあ、きょうはタッキーとあそぶー」

「おさんぽいきたーい！」

「ダメー、ごほんよんでもらうのー」

「タッキーならきっと両方してくれるよ、ねえ？」

楽しそうな会話に耳を傾けつつ朝食を用意をしていた陽希は、同意を求めてきた安曇野を振り返り、にこやかにうなずき返す。

「今日の予定を発表しまーす。朝ご飯を食べたら、一緒にお買い物にいきます。おうちに戻ったらご本を読んだりアニメを観ます。それからお昼ご飯を食べて、お昼寝をしたら公園までお散歩に行きます。そのあと、おやつを食べて、ゲームをして遊びます。そうしているとタご飯の時間になるので……」

「そんなにいっぱい、おぼえられないー」

ハルキは大きな声で遮《さえぎ》ってきたけれど、嬉しそうに笑っていた。

どうやら、たくさん遊べることは理解できたらしい。

「はやくごはんたべて、おかいものいくー」

「おなかすいたー」

元気いっぱいの二人の声に、安曇野と顔を見合わせて笑い、朝食の用意に戻る。

子供たちからせがまれると、母親になったようで面映《おもは》ゆい。あるはずのない母性本能をくすぐられた気分だ。

「はーい、できましたよー」

クロワッサンを載せた皿にオムレツを盛りつけ、テーブルに運んでいく。

「おっ、オムレツかぁ……」

子供たちの前に置いた皿を見てつぶやいた安曇野は、どこか羨《うらや》ましげでもある。食欲が出てきたのだろうか。

「食べられそうなら作りますよ？」

「まずはミルクを飲んで胃と相談したほうがよさそうだ」

彼は再び胃が痛むのを恐れているのか、いらないと首を振って肩をすくめる。

せっかくよくなりかけているのに、無理に食べさせて悪化したのでは元も子もない。

了解とうなずいた陽希は、鍋で温めたミルクを大小のマグカップに注ぎ、それぞれの前に置いていく。

「いつでも作りますから、言ってくださいね」

「ああ、ありがとう」

そう言ってマグカップを取り上げた安曇野が、湯気の上がるミルクに軽く息を吹きかけてから啜った。

「一緒に食べないのか?」

食事をする親子の様子をテーブルの脇に立って眺めていた陽希は、彼の言葉にハッと我に返る。

「あっ、忘れてた……」

双子に急かされて自分が食べるぶんのことなど、すっかり忘れてしまっていた。

慌てて調理台に戻り、オムレツを焼き始める。

背中越しに聞こえてくる三人の笑い声に頬を赤らめながらも、いつもと違って自分のための料理を楽しく感じる陽希は、機嫌良く卵液を流し入れたフライパンを返していた。

＊　＊　＊　＊　＊

昼寝から起きた双子を連れ、陽希は国立自然史博物館の中にある植物園に来ていた。

サン・ルイ島から歩いて一キロほどの距離にあり、幼い子供の足には少し厳しいかもしれないと最初は迷った。

けれど、何度か散歩がてら行ったことがある安曇野から問題ないと太鼓判《たいこばん》を押され、のんびりと三十分ほどかけて歩いてきた。

広大な敷地を持つ博物館は、植物園、動物園、三つの展示館、研究機関から成り立っている。

設立が十八世紀末というだけあり、壮大な建物はひどく古めかしいけれど、それだけに趣《おもむき》があった。

春になっていっせいに花を咲かせた数々の植物で、フランス式庭園は色鮮やかに彩《いろど》られている。

多くの人々が訪れる場所ではあるけれど、混み合っているというほどでもなく、ゆったりとした雰囲気に包まれていた。

ショルダーバッグを斜めがけにしている陽希は、右手をハルキ、左手をナオキと繋ぎ、とりとめもない話しをしながら広々とした庭園を歩いている。

「きれーい」

「あっ、ちょうちょだー」

これといった遊具があるわけでもなく、ただ歩いているだけなのに双子は楽しそうだ。

「あれはモンシロチョウだね」

「もんしろちょー？」

蝶を見つけたナオキが、真っ直ぐに見上げてくる。

「そう、蝶々のお名前だよ」

「もんしろちょーっていうんだー。ハルキ、あのちょうちょ、もんしろちょーだよー」

ナオキが蝶を指さすと、不意にハルキが向きを変えた。

「どれー」

「あそこー」

「ほんとだー」

二人が手を離して駆け出しそうになり、慌ててきつく手を握り直した陽希は、三人で蝶に近づいていく。

「あーっ」

人の姿に驚いた蝶が、ひらひらと飛び去ってしまった。

「いっちゃったー」

同時にもれた残念そうな声に、他の蝶はいないだろうかと探してみる。けれどすでに二人の興味は他に移ってしまっていた。

「タッキー、ひこーきー」

二人がいっせいに空を指さす。

勢いにつられて視線を上げると、ヘリコプターが飛んでいた。

「あれは飛行機じゃなくて、ヘリコプターだよ」

「ヘリコプター」

「そう、ヘリコプター」

上空の目を向けたまま復唱した二人が、揃って振り返ってくる。

「ヘリコプター」

もう一度、言うと、満足そうに笑った。

幼い子はすぐに新しい言葉を覚えるから、教え甲斐《がい》があって楽しい。

「陽希くーん！」

不意に遠くから呼ばれ、陽希とハルキが一緒に声がした方向に目を向ける。

目を凝《こ》らした先に、ベビーカーを押してくる二人連れが見えた。

「亜紀美《あきみ》ちゃん」

従姉とこんな場所で会うとは思ってもいなかった陽希は、驚きと嬉しさに高く挙げた手を大きく振る。

「だーれー？」

双子が興味深げに見上げてきた。

「僕の従姉だよ」

彼らと手を繋いで、先へと歩き出す。

日曜日で夫の仕事が休みだから、揃って出かけてきたのだろう。

「こんにちは」

距離が縮まったところで足を止めた陽希は、満面の笑みで挨拶をした。

「久しぶりね」

そう言って笑った仲嶺《なかみね》亜紀美が、不思議そうな顔で双子を見つめる。

「子守のアルバイトかい？」

亜紀美の夫、仲嶺啓介《けいすけ》から訊ねられ、大きくうなずき返す。

「ええ、カフェで知り合った人からベビーシッターを頼まれて……」

従姉夫婦とベビーカーに乗っている女の子を、珍しそうに眺めている双子を、陽希は自分の前に立たせる。

「安曇野ハルキ君とナオキ君、見てのとおり双子なんだ」

「あら、名前が一緒なのね？」

驚きの声をあげた亜紀美が、身を屈《かが》めて双子と視線を合わせた。

「初めまして、陽希君の従姉の亜紀美よ。彼は私の旦那さん、この子はマリエ。どうぞよろしくね」

「こんにちはー」

二人が声を揃えて頭を下げる。

「おっ、ハモった」

啓介が驚きに目を瞠る。

「マリエ、ちっちゃいー」

ベビーカーの幼児に興味津々なのか、双子がかぶりつくようにして覗き込む。

「どんどん亜紀美ちゃんに似てくるね」

「この人のご両親はパパ似だって言うけど、やっぱり私に似てるわよねぇ？」

「うん、目元なんて亜紀美ちゃんにそっくりだよ」

陽希は双子の頭上から、目をパチパチさせているマリエの顔を覗き込む。

「ねえ、この子たち安曇野さんって言ったよね？」

「ええ」

脇から口を挟んできた啓介を、陽希は不思議そうに見返す。

「もしかして、お父さんって安曇野圭太郎《けいたろう》さん？」

「知ってるんですか？」

「珍しい名字だからもしかしてと思ったんだけど、まさかあの安曇野さんの子供だったとは……」

陽希の問いには答えてくれなかったけれど、啓介は間違いなく安曇野を知っている。いったい、どんな関係なのだろうか。

「あなたの知り合いなの？」

「面識はないけど、こっちでは有名な建築家だから」

「建築家？」

「去年、十五区にできた近代美術館、あれ、彼が手がけたんだよ」

「そうなの？」

亜紀美は驚きの声をあげたが、陽希は声もなく目を丸くした。

パリに建築事務所を起ち上げ、贅沢な暮らしをしている安曇野は、腕のいい建築家なのだろうくらいに考えていた。

それが、近代美術館を手がけるほどの大物だったのだから仰天《ぎょうてん》する。どれほどの経歴の持ち主なのだろうかと、にわかに興味が募ってきた。

「安曇野さんって、他にもなにか手がけているんですか？」

「どこだったかなぁ……リヨンだったっけか、古城ホテルがあるんだけど、そこをリノベーションしたのも確か安曇野さんだったような」

「古城ホテル？」

あまりにも規模が大きすぎて、ポカンと口があいてしまう。

「陽希君、子供を預かってるのに、なにも聞いてないの？」

亜紀美がおかしそう笑う。

安曇野と面識がある陽希よりも、夫のほうが詳しいのだから笑うのもしかたない。

「なんかいつもバタバタしてて、そんな話しをする余裕がないから」

「まあ、双子ちゃんがいたらそうなるかもしれないわね」

亜紀美がベビーカーを覗き込んでいる二人に目を向ける。

彼らはマリエの頬を指で押したり、手を握ったりしていた。

マリエが機嫌よさそうな声をあげているところをみると、悪戯《いたずら》をしているのではなく遊んでやっているようだ。

「ああ、思い出した」

「なによ、急にどうしたの？」

亜紀美が怪訝そうに夫を見返す。

「コンベンションセンターが郊外に建つ予定なんだけど、あれのコンペに安曇野さんが参加してたはずで……」

「あなたの会社が係わってる、あの巨大プロジェクト？」

「そう」

夫婦間では話しが通じているようだが、なんのことだかさっぱりわからない陽希は蚊帳《かや》の外にいる気分だったが、そんな中、ふと安曇野の言葉が脳裏を過ぎった。

（コンペって……）

安曇野が家に持ち帰ってまで仕事をしていたのは、コンペの期日が迫っていたからだ。

もしかすると、啓介が口にしたコンペのこともかもしれない。だとしたら、安曇野が無理をしたのもうなずける。

彼が大変な仕事に取り組んでいるとわかっていたら、泊まりがけで子供の面倒を見てあげていた。

そうしたら、彼も寝不足になどならずにすんだはずだ。寝込むほどの酷《ひど》い胃炎にならなかったかもしれないと思うと、悔《くや》しくてならない。

「陽希君、すごい日本人と知り合いになったわね」

「みたいだね」

なにも知らなかった陽希は、苦笑いを浮かべて亜紀美を見返した。

「あー、マリエがくちゃいー」

唐突に大きな声をあげたハルキが、鼻を摘《つ》まんで陽希の後ろに隠れる。少し遅れを取ったナオキも、顔をしかめて後ろに逃げ込んできた。

「マリエちゃん、うんちしちゃったのかな？」

亜紀美がベビーカーを覗き込む。

「おむつを替えないとダメそう」

夫を振り返った亜紀美が肩をすくめる。

「陽希君、ごめん、またね」

「うん、じゃあね」

笑顔でうなずき返した陽希は、急いたようにベビーカーを押していく亜紀美たちに手を振る。

「またねー」

陽希の後ろから出てきた双子たちが、亜紀美の口真似をして同じように手を振った。

「マリエ、ちっちゃくてかわいかったねー」

「かわいかったねー。でも、うんちしたらいけないんだよー」

口々に感想を言っている双子の手を取り、歩いてきた道を戻り出す。

いい気になって歩き続けると、戻るのが大変になってしまう。どちらかひとりでも歩き疲れたと言い出したら、とてもではないが陽希の手に負《お》えなくなる。

ひとりを抱っこして、もうひとりと手を繋いで歩けるのは、がたいがしっかりしている安曇野だからであって、真似するなどとうてい無理な話だ。

「かえるのー？」

「そろそろおやつの時間だからね」

不満そうに見上げてきた二人の顔が、おやつのひと言で一変する。

「今日もパンケーキでいいの？」

「パンケーキ、だいすきー」

元気な声をあげた彼らが、顔を見合わせて笑う。

手作りのパンケーキがよほど気に入ったのか、毎日のようにリクエストしてくるのだ。

「パァーパもいっしょにたべられるかなぁ……」

ナオキがふともらした言葉に、かなり長いあいだ安曇野が食べ物を口にしていないことを思い出した。

なにも胃に入れないのは、かえってよくない気がする。彼は胃が痛むのを恐れているようだったけれど、そうも言っていられない。

「食べられるようになってるといいね」

「うん、パァーパといっしょにたべたーい」

「ナオキがいっぱいおねつだしたときねー、たべないとげんきでないんだよーって、パァーパがいってたー」

子供なりに父親を心配しているのだ。

とにかく、安曇野には早く元気になってもらいたかった。

子供の世話はすべて引き受け、彼が心置きなく食べられるものを作ってあげたら、少しは快復が早まるかもしれない。

（あとは……）

双子と手を繋いで歩く陽希は、安曇野のために自分ができることが他になにかないだろうかと、そればかりを考えていた。

＊＊＊＊＊

「ただいまー」

玄関のドアを開けてやるなり、大きな声をあげた双子が廊下を駆け出した。

「ただいま帰りましたー」

一目散に父親の寝室へと向かう二人を、陽希は急いで追いかける。

「パァーパ」

ノックもせずに勢いよくドアを開けた二人が部屋に飛び込んでいくと、聞き覚えのない男性の声がもれてきた。散歩に行っているあいだに、来客があったようだ。

『こんにちはー』

双子が躊躇《ためら》うことなくフランス語で挨拶をしたのは、よく知る人物だからだろう。

『こんにちは、坊やたち』

『いつも元気だね』

男性は複数いるらしく、流暢《りゅうちょう》なフランス語を使っていた。

「失礼します」

陽希は双子が開け放したままのドアを軽くノックし、一礼してから寝室に入っていく。

客は二人だった。ひとりは白人男性で、ベッドの端に腰かけて脚を組んでいる。彼の両脇に、双子がちゃっかりと座っていた。

男性は両手を双子の腰に回していて、二人もすっかり懐《なつ》いているような感じだった。

『お帰り、事務所の連中が見舞いに来てくれたんだ。紹介するから』

ベッドでクッション代わりの枕を背にあてて身体を起こしている安曇野が、フランス語で説明をして陽希を手招いてきた。

『はい』

フランス語で返事をした陽希は肩から外したショルダーバッグを床に下ろし、ベッドに歩み寄っていく。

安曇野がフランス語を使ったのは、白人男性にも理解できるようにとの気遣いからだろう。

『彼は事務所を起《た》ち上げたときから一緒に働いているシモン・アルノー、社長は俺になってるけど、共同経営者みたいなものだな』

安曇野が紹介してくれた白人男性に、陽希はさりげなく目を向けた。

安曇野と同じくらいの年齢だろうか、コバルトブルーのゆったりとしたコットンセーターとアイボリーのパンツを上品に着こなしている。緩《ゆる》くカールした短い金髪と、銀縁の眼鏡が印象的な美男子だ。

『彼はベビーシッターの滝村陽希君、パリ第四大学でフランス語の勉強をしている留学生だ。ハルキと名前が同じだから、俺たちは彼をタッキーって呼んでいる』

安曇野から紹介された陽希は、シモンの前に進み出た。

愛想のよい笑みを浮かべたシモンが、ベッドに座ったまま片手を差し出してくる。

『よろしくね、タッキー』

『はじめまして』

シモンと軽く握手を交わし、ベッド脇に立っているもうひとりの男性に向き直った。

『彼はアシスタントの栃岡恭介《とちおかきょうすけ》君だ。俺の大学の後輩で、二年前からうちの事務所で働いてくれている』

『はじめまして、滝村です』

笑顔で挨拶をした陽希は、にこやかに手を出してきた栃岡と握手をする。

見るからに生真面目《きまじめ》そうな風貌《ふうぼう》で、ジャケットとパンツはともに黒で、中に白いＴシャツを着ていた。

『それ、シモンがケーキを持ってきてくれたんだ。ちょうどおやつの時間だから、食べさせてやってくれないか』

サイドテーブルに置かれた紙袋を指差した安曇野が、シモンとふざけ合っている双子に目を向ける。

『はい』

陽希が返事をすると、栃岡が前を空《あ》けてくれた。

一礼して前を通り、サイドテーブルから紙袋を取り上げる。

『みなさんも召し上がりますか？』

ずっしりとした重さがある紙袋に、ケーキの数が多いようだと判断した陽希が誰にともなく訊ねると、真っ先にシモンが口を開いた。

『どうせケイは食べられないだろうし、この子たちのために買ってきたケーキだから、僕たちはいいよ』

『では、珈琲《コーヒー》かなにか、飲み物をお持ちしましょうか？』

せっかく見舞いに来てくれたのだから、彼らをもてなしたい。

そう思って訊ねたのに、なぜかシモンは声を立てて笑った。

『ケイ、おまえは本当に女性を見る目がない。奥さんにはタッキーみたいな甲斐甲斐《かいがい》しい子を選ぶべきだったんだよ』

『じゅうぶん後悔したし、反省もしたんだから、もういいだろう』

ふて腐れ気味に言った安曇野が、シモンを睨みつける。

安曇野の別れた妻のことも、離婚の理由も知らない。彼が愛した女性のことを知りたいという思いはあったけれど、個人的なことだけに踏み込んではいけないない気がしたのだ。

「タッキー、ケーキたべるー」

ベッドからぴょんと飛び降りた双子が、陽希に纏わり付いてくる。

「すぐに用意してあげるよ」

紙袋を凝視している双子に声をかけ、改めて安曇野に目を向けた。

『珈琲をお持ちします。安曇野さんはミルクのほうがいいですよね？』

シモンたちが訪ねてくるまではおとなしく寝ていたのか、ずいぶん表情が明るくなっている。

　そうはいっても、珈琲は刺激が強い飲み物だ。できれば、もう少し様子を見たいところだった。

『そうだな、面倒をかけて悪いけど、俺はミルクにしてくれないか』

『温めるミルクの量を増やすだけなんですから、面倒なことなんてないですよ』

　笑顔でそう言い、双子を促す。

「さあ、行こうか」

「はーい」

　元気な声をあげた双子が、走って廊下に出て行く。

『すぐにお持ちしますので』

　一礼した陽希は、床から取り上げたショルダーバッグを肩にかけ、紙袋を提げて寝室をあとにする。

「ケーキ、ケーキ」

　楽しみでしかたないのか、前を行く双子はスキップしていた。

　キッチンに入った陽希は紙袋をテーブルに下ろし、そそくさと飲み物の用意を始める。

鍋に多めのミルクを注いで火にかけ、珈琲用の湯を沸かす。

「タッキー、ケーキみるー」

双子の声に振り向くと、双子がテーブルに両手をついて背伸びをしていた。

火加減《ひかげん》を調節してからテーブルに行き、紙袋から大きな箱を取り出す。

「ジャジャジャジャーン！」

大袈裟《おおげさ》に箱のフタを外すと、双子がさらに背伸びをした。

「どれにする？」

彼らに中身が見えるよう、箱を持つ手を下ろす。

色とりどりの可愛らしいケーキが、ぎっしりと箱に詰まっている。

どれも凝った作りで、見るからに美味しそうだ。

「いっこだけー？」

「一個だけ」

選びあぐねているらしかったが、一度に二個は食べ過ぎだろうと思い、きっぱりとした口調で言うと、双子が唇を尖らせて見上げてきた。

「おやつでお腹がいっぱいになっちゃうと、晩ご飯が食べられなくなっちゃうからね」

今度は優しく言い聞かせた。

これ以上、駄々を捏ねてきたら、おやつはなしだと言ってみよう。そうすれば、さすがに言うことを聞くだろう。

けれど、そんなことを考える必要はなかった。聞き分けのいい双子は、反論してくることなくケーキを指差してきたのだ
「ぼく、これにするー」

「ぼく、こっちー」

なにからなにまでそっくりなのに、双子は珍しく異《こと》なるケーキを選んだ。

取り合いになるかもしれないといった思いも、幸いなことに杞憂に終わった。

「お皿に取ってあげるから、座ってくださーい」

「はーい」

ケーキの箱を手に調理台に戻り、ミルクの湧き具合を確認してから食器棚に向かう。

双子と安曇野のマグカップを取り出したところで、トレイがあったことを思い出し、必要な食器をすべて載せて調理台に運ぶ。

優先すべきは客なのだろうが、双子を後回しにしたら騒ぎ出しそうだ。まずはケーキを皿に移し、子供用のマグカップにミルクを満たしてテーブルに持って行く。

「はーい、召し上がれ」

「いただきまーす」

満面の笑みで声を揃えた双子が、皿を引き寄せてフォークを手に取る。

彼らが食べているあいだにサーバーやフィルターを用意し、珈琲を淹《い》れていく。

「うーん、いい匂い……」

立ち込めてきた珈琲の香りに目を細めつつ、ゆっくりと湯を回し入れていった。

ポタポタと落ちていく琥珀色の液体が、次第にサーバーに溜まり始める。

「零さないでねー」

黙々とケーキを食べている双子に声をかけ、淹れ立ての珈琲をカップに注ぎ、マグカップにミルクを満たす。

それらを載せたトレイを持って双子に向き直ると、彼らがあたふたと子供用の椅子から降りてきた。

「いっしょにいくー」

二人は早くもケーキを食べ終わってしまったようだ。

キッチンに残していくよりはいいだろうと思い、陽希は三人で安曇野の寝室に向かう。

『お待たせしました』

入口から声をかけると、先回りした双子がベッドに上がってはしゃいでいた。

『ありがとう』

ベッドの端に腰かけたまま手を伸ばしてきたシモンが、トレイからソーサーごと取り上げて膝に置く。

栃岡は相変わらずベッドの脇に立ったままだ。安曇野は部下だからといって椅子を勧めないような男ではない。

きっと、シモンと立場が異なる彼は、具合が悪くてベッドに入っている社長を前に、座ることを拒《こば》んだのだろう。

だからといって、自分が椅子を勧めるのもおかしな話だ。それに、安曇野が雇っているベビーシッターから勧められても、栃岡は困るばかりだろう。

（どうしよう……）

立ったまま珈琲を飲ませるのでは可哀想な気がし、陽希はどうしたものかと迷った。

『栃岡君、珈琲くらい座って飲んだらどうだ？』

『でも……』

思いを察してくれたかのような安曇野の勧めに、ホッと胸を撫で下ろしたのに、栃岡は渋い声をもらした。たとえ社長の勧めであっても、素直には聞き入れ難いようだ。

『ちょっと置かせて』

ベッドからおもむろに腰を上げたシモンが、陽希の手にあるトレイにソーサーを載せ、クローゼットの前から椅子を運んでくる。

『君は気を遣いすぎなんだよ』

シモンは栃岡の肩をポンと叩いて椅子に座らせ、トレイから自分の珈琲を取り上げて再びベッドに腰かけた。

『すみません……』

『どうぞ』

陽希がトレイを差し出すと、栃岡は恐縮した面持ちで珈琲を手に取った。

『俺のはそこに』

安曇野がサイドテーブルを指さしてくる。

双子に纏わり付かれている彼は、ミルクを飲むどころではないらしい。

『向こうに連れて行きましょうか？』

双子が邪魔ではないだろうかと思って声をかけると、安曇野は笑顔で首を横に振って見せ、子供たちの頭を撫で回す。

『ベビーシッターなのに接客までさせるなんて、ケイも人使いが荒いよねぇ』

珈琲を啜っていたシモンが、同意を求めるように陽希を見上げてくる。

その顔に浮かんでいるのは悪戯っぽい笑みで、本気で言ったわけではないようだ。

『ケイに賃上げ要求したほうがいいよ』

『これくらいのことで、賃上げだなんて』

すでに破格の時給をもらっているし、客をもてなすくらいはなんでもないことだと思う
陽希は、笑って肩をすくめた。

『タッキーみたいないい子を、いったいどこで見つけたんだ？　可愛いし、気が利くし、まさに僕の……』

『シモーン、そこまでだ』

安曇野が唐突にシモンの言葉を遮り、驚きに目を瞠る。

いったい、どうしたのだろうか。人の話を遮るなど、安曇野らしくなかった。

『そうやって、誰かれかまわず口説く癖はどうにかならないのか？』

『まだ口説いていないけど？』

『口説こうとしただろう』

『まあ、そうだけど、タッキーを口説いたらなにか問題でもあるの？』

『おおいに問題あるだろう』

『たとえば？』

言い争いを始めた二人を、呆然と見つめる。

（シモンさんって、ゲイなのか……）

彼らの会話から察するに、シモンは同性愛者だ。そして、そのことを隠していない。誰にも言えずに悩んできた陽希は、あけっぴろげなシモンに感心するとともに、羨ましくなった。

（安曇野さんって理解あるんだなぁ……）

シモンとこうして言い合っているのは、安曇野が同性愛者に対して偏見《へんけん》を持っていないからだろう。

（でも、他人事だから……）

安曇野は理解者であるだけで同性愛者ではない。同性から告白されたら、嫌悪感を覚えるかもしれなかった。

『タッキーは普通の子なんだぞ、シモンに言い寄られたら迷惑じゃないか』

『普通の子って、本人に確かめたの？』

そう言ったシモンが、陽希に視線を移してくる。

ただでさえ、二人の会話がおかしな方に向かって慌てていたから、一気に鼓動が跳ね上がった。

シモンにまじまじと見つめられ、本性を見抜かれてしまいそうで怖くなった陽希は、咄嗟に視線を外した。

「あっ……」

双子が安曇野に寄りかかり、項垂れてうとうとしている。

いつもより散歩の時間が長かっただけでなく、予期せぬ客の訪問に喜んではしゃぎすぎた彼らは、疲れて眠くなってしまったようだ。

『あの……そこで寝てしまうと厄介《やっかい》なので、子供部屋に連れて行きます』

『うん？』

シモンとの話しに夢中になっていた安曇野は、子供たちが寝そうになっていることに気づかなかったのか、驚いた顔つきで両隣に目を向けた。

『ああ、ホントだ……』

小さく笑った彼が、双子の肩を軽く揺《ゆ》する。

「ここで寝たらダメだろう、ハルキ、ナオキ、お部屋にいきなさい」

安曇野が日本語に切り替えて声をかけると、ようやく双子が頭を起こした。

「さあ、おいで」

持っていたトレイをサイドテーブルに置いた陽希は、手前にいるナオキを抱き上げて床に下ろす。

「ハルキ君」

「ここでねるー」

　ぐずるハルキを、安曇野が立たせた。

「お部屋に行って寝なさい」

　父親から言い聞かされても、ハルキは頑《がん》として動かない。

『僕が連れて行ってあげるよ』

　ひょいとハルキを抱き寄せたシモンが、ベッドから腰を上げる。

『ハルキはいい子だなぁ』

『シモン、よけいなことを言うなよ』

『タッキー、行こう』

　釘を刺してきた安曇野を無視したシモンに促され、陽希はナオキの手を引いて寝室をあとにした。

　せっかくシモンのそばを離れられると思ったのに、一緒に子供部屋に行く羽目《はめ》になり、予想外のことに困り果てる。

『寝ちゃったみたいだね』

　シモンの声に隣を見ると、ハルキは彼の肩にあごを乗せて眠っていた。

ナオキは大丈夫だろうかと、視線を向けて見る。どうにか持ち堪《こた》えているようだが、かなり眠たそうな顔をしていた。

「ナオキ君、抱っこしようか」

ひとりだけ歩かせるのが可哀想に思え、ナオキを抱き上げる。

素直にしがみついてくると、すぐに陽希の肩に頭を預けてきた。間もなくして寝息が聞こえてくる。やはり、そうとう眠かったようだ。

『タッキーって、ケイが好きなの？』

『えっ？』

いきなりの質問にドキッとした陽希は、平静を取り繕うこともできずに、驚きの顔でシモンを見返す。

『図星かぁ……』

馬鹿正直な反応に、彼は確信してしまったようだ。

どうして気づかれたのだろう。そんな素振りはいっさい見せていない。いつもと同じように振る舞っていた。ごく短い時間しか接していないのに、見抜かれてしまった陽希は、激しく動揺した。

『あっ、あの……』

『どうしてわかったか不思議なの？』

言葉にならないのを見て彼が笑う。

『ケイが普通の子だって言ったときの君の反応でわかった』

『そ……それだけ？』

陽希は訝《いぶか》しげにシモンを見返す。

『あとは、会ってすぐ君がこっちの人間だって気づいていたからね』

いともあっさりと言われて愕然とした。

隠し立てすることなく、堂々と生きてきた彼には、簡単に見抜けるということなのだろうか。

ちょっと言葉を交わしただけでわかってしまうなんて、とても信じられない。けれど、見抜かれてしまった以上は信じるしかなかった。

『ケイはなにもしらないんだよね？　正直に言ってみたら？』

ハルキを抱いたまま子供部屋のドアを開けた彼が、先を譲ってくれる。

軽く会釈して部屋に入った陽希は、ナオキをベッドに寝かしてスニーカーと靴下を脱がし、肩まですっぽりと毛布で覆った。

隣のベッドにハルキを寝かせたシモンを手伝うため、陽希は向こう側に回る。

『ケイは結婚に失敗して、女はもう二度とごめんだとかよく言ってるから、可能性はゼロじゃないと思うんだけどなぁ』

寝ている子供たちを気遣って声を小さくしているけれど、子供部屋で話すようなことではない。あまりにも不謹慎《ふきんしん》すぎる。

無言でシモンを促し、忍び足で部屋の外に出た陽希は、音を立てないよう注意深くドアを閉めた。

ドアのすぐ横の壁に寄りかかって腕組みをしているシモンは、話し足りないような顔をしている。

ここできちんと自分の気持ちを伝えておかないと、彼が安曇野によけいなことを言ってしまうかもしれない。陽希はなによりもそれを恐れた。

『安曇野さんが同性に興味があるとは思えないし、いきなり告白なんかして嫌われたくない……僕はこのまま一緒にいられれば、それでいいんです』

『怖がっていたら恋愛できないよ？　ときには勇気を出さないと。それに、一生、ベビーシッターをしていられるわけじゃない、それくらい君だってわかっているだろう？』

シモンの言葉があまりにも真っ当すぎて、なにも返せなくなった陽希は項垂れる。

意気地なしなのは自覚しているし、アルバイトが数ヶ月で終わってしまうことも理解していた。

それでも、安曇野が好きだから、彼に嫌われたくない。思いを伝えた瞬間に、幸せな時間を失ってしまうことに、絶えられそうにないのだ。

『タッキー』

静かな声で呼ばれ、キュッと唇を結んだまま顔を起こす。

『ずっと女性を相手にしてきた男が、あるとき男に惚れることもある。これは嘘じゃないから覚えておいて』

和《やわ》らいだ笑みを浮かべたシモンは、元気づけるように陽希の肩をポンと叩いてきたかと思うと、軽く反動をつけて壁から離れ、そのまま寝室に向かって歩き出した。

振り返ることなく足を進める彼の後ろ姿を、陽希は立ち尽くしたまま見つめる。

嘘ではないにしても、そう簡単には信じられない。仮に彼が言うような男性がいたとしても、安曇野がそうだとは限らないのだ。

「無理に決まってる……」

いまの幸せを失いたくない。できるかぎり彼らと楽しく過ごしたい。陽希の願いはただそれだけだった。

＊＊＊＊＊

安曇野を見舞ったシモンと栃岡が帰っていき、キッチンの片付けを終えた陽希は、子供部屋に双子の様子を見に来た。

「まだ寝てる……」

横向きで毛布にくるまっている彼らは、すやすやと眠っている。

晩ご飯まではまだ時間があるから、そのまま寝かせておくことにしてドアを閉めた。

「安曇野さんはおとなしく寝ているかなぁ……」

子供部屋を出た足で安曇野の寝室に向かい、ドアを軽くノックする。

「どうぞ」

張りのある声が返ってきた。

「失礼します」

声をかけて中に入ったとたん、陽希は呆れてしまう。

安曇野はおとなしく寝ているどころか、先ほどまでと同じ格好でタブレットを弄《いじ》っていたのだ。

きっと仕事が気になっているのだろう。全快するまで仕事は忘れてほしいけれど、とうてい無理そうだ。

「まだ横になっていたほうがいいんじゃないんですか」

咎《とが》める口調で言いながら、ベッドに歩み寄っていく。

「もう大丈夫だから、そんな怖い顔をしないで」

手を伸ばしてタブレットをサイドテーブルに置いた彼が、さもおかしそうに笑う。

心配しているのに笑われ、思わずムッとすると、また笑われた。

「それじゃ、子供たちとかわらないな」

からかってきた彼が、自分の横を軽く叩いて座るよう促してくる。

「もう……」

不満のため息をもらしつつも、陽希はベッドの端に腰かけた。

そういえば、もう丸一日、彼はミルク以外なにも胃に入れていない。さすがに空腹なのではないだろうか。

「そろそろなにか食べてみますか？　お粥ならすぐにできますよ」

「俺の世話まで見させてしまって、なんだか申し訳ない」

安曇野からしおらしい顔で言われ、胸の奥が熱くなる。

少しも苦に感じていない。許されるならば、住み込みで三人の世話をしたいくらいだ。

「ずっとひとり暮らしをしてきたので、家事とかけっこう得意なんです。安曇野さんはひとり暮らしをしたことがないんですか？」

素朴な疑問を向けると、彼が苦笑いを浮かべた。

「留学中は大学の寮にいて、そのあとは結婚するまでシモンと部屋をシェアしてた。就職した建築事務所で知り合って、なんか妙に意気投合してね」

「シモンさんと？」

「ああ、だから長い付き合いなんだよ。で、ああ見えてシモンは料理が上手くてね。食費を払って作ってもらってた」

「そうだったんですか」

彼らがどんな生活を送っていたのか、まるで想像がつかない。

シモンはいつどこで安曇野にカミングアウトしたのだろうか。恋人を部屋に招くときはどうしていたのだろうか。

あれこれ疑問が浮かんできたが、さすがに訊くのが躊躇《ためら》われ、胸に留めることにした。

「ああ、そうだ……」

「どうしたの？」

「散歩に行った植物園で、こっちで暮らしている従姉夫婦とばったり会ったんですよ」

「ああ、たまに子守を頼まれるって言ってたご夫婦？」

ちょっとだけ立ち話したことがあったのを、安曇野は覚えてくれていたようだ。

「それで少し立ち話をしたんですけど、近代美術館を手がけたのが安曇野さんだって教えられて、びっくりしちゃいました」

「まあ、知ってる人は知ってるけど、興味なければ誰が作ったかなんてどうでもいいことだからね」

「そうですけど、僕、普通に家とか設計してる建築家だと思ってたから……すみません、なにも知らなくて」

無知にもほどがあるといった思いから頭を下げると、安曇野は大笑いをした。

「普通に家の設計もしているよ。大きな仕事がコンスタントに舞い込んでくるなら、事務所ももっと大きくなっている」

「昨日、コンペの期限が迫っているからって言ってましたけど、それってもしかしてコンベンション・センターのなんですか？」

「そうだけど、どうして知ってるんだい？」

「従姉の旦那さんって、商社に勤めているんです。それで、会社が関わっているプロジェクトのコンペに安曇野さんが参加してるって」

「大東亜《だいとうあ》商事の人なんだ？」

偶然を驚いたように目を瞠った彼に、こくりとうなずき返す。

「今回のコンペを勝ち抜けたら、俺とシモンは世界で名の知れた建築家になる。大袈裟に言うと、それくらい巨大で重要なプロジェクトなんだ」

「そんな大切な仕事の最中なのに、なんで起きて無駄話しているんですか。早く治さないといけないいんだから、横になっていてください」

陽希は勢いよくベッドから腰を上げ、寝るよう手振りで彼を促す。

「お粥を食べてからでもいいだろう？」

「あっ……急いで……」

あたふたとベッドを離れようとした陽希の手を、安曇野がいきなり掴んできた。

急にどうしたのだろうかと、眉根を寄せて振り返る。

「ひとつ提案があるんだ」

「提案？」

笑顔で見上げてくる彼を、表情を険《けわ》しくしたまま陽希は見つめた。

「ここに越してこないか？　空《あ》いている部屋もあるし、子供たちも喜ぶと思うんだ」

想像の域を超えた提案に、ポカンと口が開いてしまう。

引っ越してくれれば、今以上に彼らと一緒にいられる。けれど、同時に恋心も募ってしまいそうだ。同じ屋根の下で暮らすことに、耐えられるかどうか自信がなかった。

「でも……」

「タッキーのプライベートは重視するし、たまにガールフレンドをここに呼んだってかまわない」

「彼女なんて……そんな人、いませんから……」

「他になにか問題があるのかな？」

断るだけの理由が見当たらないといいたげに、安曇野が首を傾げる。

確かに一緒に暮らすのはいいこと尽くめだ。家賃や生活費、そして、行き帰りの時間が浮く。子供たちは寝るのが早いから、勉強する時間も取れるだろう。

問題は安曇野に対する思いだ。それさえ抑え込むことができれば、迷うこともない。

「俺、いつも君がいてくれると思うと、安心して仕事に専念できそうなんだ。引っ越してきてくれないか？」

ちょっと甘えたような口調で殺し文句を口にされ、陽希は反射的にうなずいていた。

「はい」

「ありがとう」

破顔した彼に抱きしめられ、慌てふためく。

「あ……安曇野さん……」

心臓が破裂しそうなくらい、鼓動が速くなっている。一気に体温が上がり、全身が燃えるように熱い。どうにかなってしまいそうだった。

「嬉しいよ、本当にありがとう」

ようやく腕を緩めてくれた安曇野が、真っ直ぐに見つめてくる。

その熱っぽい眼差しに、またしてもカーッと身体が燃えさかった。

「タッキー、顔が赤いよ？」

彼がまじまじと顔を覗き込んでくる。

「熱でもあるんじゃないのか？」

あろうことか、彼が額を合わせてきた。

「熱はないか……」

息も触れ合う距離でつぶやかれ、陽希はもう卒倒《そっとう》しそうだ。

「大丈夫？」

身体を引いた彼が、今度は両手で陽希の頬を挟んでくる。

しげしげと見つめられ、息苦しさを覚えた。

「あっ、あの……子供たちの様子を見て……」

立ち上がろうとしたそのとき、大きな音を立ててドアが開き、陽希はビクッと肩を震わせる。

「パァーパー、まだねてるのー」

「あっー、タッキーだぁー」

入口で声をあげた双子が、ベッドに駆け寄ってきた。

「いっしょにねるー」

双子がそのままの勢いでベッドに飛び乗り、安曇野の隣に潜り込んだ。

「お昼寝から起きたばかりじゃないのか？」

「いいのー」

「パァーパといっしょにねたいのー」

双子にせがまれ、安曇野がしかたなさそうに笑う。

「しょうがないなぁ……」

「タッキーもいっしょにねよー」

むくりと起き上がったハルキに手を引っ張られ、不意を突かれて前のめりになった陽希は、足を踏ん張れずにベッドに倒れ込む。

「パァーパ、むこういってー」

ナオキに押しやられた安曇野が、笑いながら身体をずらす。

「タッキーはここー」

ナオキに並んだハルキが、自分の隣をポンポンと小さい手で叩く。

「少しつきあってくれないか?」

「お粥はどうしますか?」

「あとでいいよ」

安曇野にそう言われてしまうと、逃げ出しようがない。

諦めの境地でハルキの隣に身体を横たえる。

「みんなでおねんねー」

「おとなしく寝なさい」

はしゃぐハルキを、安曇野が優しく窘《たしな》め、上掛けを引き上げた。

キャッキャとはしゃいでいた双子も、しばらくするとおとなしくなり、間もなくして小さな寝息が聞こえ始めた。

子供をあいだに挟んでいるとはいえ、安曇野と同じベッドで寝ていると思うと気持ちが落ち着かない。

（安曇野さんも寝ちゃったのかな……）

仰向けになって天井を見るともなく見つめていた陽希は、静かに顔を横に向けて安曇野の様子を窺う。

彼はこちらを向いて横になっている。目は閉じているけれど、子供たちを見守っているように見えた。

「はぁ……」

ままならない思いに、自然とため息がもれてしまう。

手を伸ばせば届くところに、恋しくてたまらない人がいる。それなのに、見ていることしかできないのだ。

「引っ越してきたらどうなっちゃうんだろう……」

一緒に暮らすことに不安が募ってくる。

承諾したことをいまになって後悔したけれど、撤回などしたら安曇野は残念がるに違いない。そんな彼は見たくない。

「ふあぁ……」

あれこれ悩んでいるうちに、眠気が襲ってきた。

知らず知らずのうちに目を閉じた陽希は、いつしか深い眠りに落ちていった。

第六章

安曇野のアパルトマンに引っ越してきた翌日の夕刻、陽希は双子を連れてシャンゼリゼ大通りに来ていた。

仕事を終えた安曇野とジュルジュ・サンク駅近くにある有名ブランドのショップ前で合流し、買い物に行くことになっているのだ。

シャンゼリゼ大通りで買い物するとあって、双子は精一杯お洒落をしてきた。

長袖のシャツは黄色いストライプ柄で、襟に青い蝶ネクタイを留めている。紺色の半ズボンを革のサスペンダーで吊し、赤いエナメルのスニーカーを履いていた。

ちょっとませた格好をした可愛らしい双子は目を惹くのか、道行く人たちが彼らを見ては思わずといった感じで微笑む。

陽希も普段とは少しだけ違う装《よそお》いをしている。といっても服に金をかけるだけの余裕などなく、持っている数少ない服の中から、淡いピンクのシャツを選び、ベージュのシンプルなチノパンを合わせてきた。

大きなショルダーバッグも今日は置いてきた。財布やスマートフォンなど、必要最低限の小物だけをポケットに入れている。

「ナオキ、スポーツカーだぁー」

「かっこいいねー」

待ち合わせの時間よりも早く着いてしまったけれど、双子はシャンゼリゼ大通りを行き交う人や車に興味津々で、退屈した様子もない。

「なんだか、一緒に暮らし始めた実感がないなぁ……」

引っ越しがあまりにも簡単に終わってしまったせいか、これまでと変わらない日常が続いているように思えてならない。

安曇野に手伝ってもらったとはいえ、昨日の引っ越しは半日とかからず完了したのだから自分でも驚く。

それまで陽希が暮らしていたアパルトマンは、ベッドやタンスなどは備え付けられていたから、運び出す必要があった家具は買い足した勉強机のみ。

あとは衣類、書籍や雑誌の類《たぐ》い、そして、細々とした生活雑貨くらいで、用意した十個の大きな段ボール箱で充分に事足りた。

安曇野が借りてきてくれた小型のバンの荷台に、それらの荷物のすべてが収まってしまい、一往復しただけで終わってしまったのだ。

引っ越しがそんな状態だったから、使わせてもらうことになった客間に荷物を運び込んでからも、片付けにはたいして時間はかからなかった。

ただ、悪戯盛りの双子によってちょっとした事件が起こり、引っ越しをして早々に買い物をすることになってしまっていた。

「いっぱい、ひとがいるー」

「ぶーぶーもいっぱーい」

陽希と手を繋いでいる双子が、はしゃいだ声を上げる。

パリを象徴するこの通りは、いつ訪れても活気に溢れていて、華やかな街に慣れた陽希でも来るたびに昂揚《こうよう》した。

瞳を輝かせて大通りを眺めている双子もまた、楽しくてしかたないようだった。

「タッキー」

遠くから呼ばれて目を凝らすと、黒い細身のスーツですっきりとまとめた安曇野が手を振っていた。

胃炎もすっかり治まった彼は、晴れやかな顔をしていて、清々《すがすが》しいほどの色男ぶりだ。

「パァーパ！」

双子が弾《はじ》けるような笑顔で、駆け寄ってきた安曇野を見上げる。

「待たせちゃったかな？」

「いえ、ちょうど着いたところです」

陽希が小さな嘘をついて首を横に振ってみせると、彼は安堵したように笑った。

「さあ、行こうか。おまえたちは真ん中だよ」

安曇野と陽希で双子を挟み、それぞれと手を繋ぐ。大人たちに挟まれている双子が互いの手を繋ぎ、横一列で歩き出す。

シャンゼリゼ大通りの歩道は呆れるほど広く、子供を含む四人が並んで歩いたところで誰の邪魔になることもない。

「この先に俺の行きつけの店があるんだ」

角を曲がった安曇野が軽く前方を指さす。

彼が足を向けたのは、名だたるブランドのショップが立ち並んでいる、貧乏留学生の陽希には縁のない通りだ。

「パァーパ、どこいくのー？」

「洋服屋さんだ。おまえたちが悪さをしたから、パパがタッキーにお洋服を買ってあげることにしたんだよ」

安曇野がちょっと冷ややかな口調で言うと、顔を見合わせた双子が肩を窄《すぼ》めてペロリと舌を出した。

急遽、買い物をすることになったのは、引っ越しの片付けをしている最中に起きた騒動が原因だった。

手伝うという名目で部屋に来ていた双子が、なにかの拍子《ひょうし》に陽希のシャツを取り合い始めた。

遊びが喧嘩に発展するのは珍しくない。とはいえ、これまでの経験上、双子が本気で喧嘩をしないとわかっていたから、いつものように放って置いた。

今回は、それが仇《あだ》となった。彼らが激しくシャツを引っ張り合ったため、袖が破けてしまったのだ。

たまたま様子を見に部屋にきた安曇野が現場を目撃し、シャツを弁償《べんしょう》すると言い出した。

着古したシャツだから、弁償などしなくていいと陽希は断った。そろそろ捨て時かなと思っていたこともあり、さして気にしていなかったのだ。

けれど、子供がしたことの責任を取るのは親の役目だと言って安曇野は聞き入れてくれず、仕事帰りに待ち合わせをすることになったのだった。

「パァーパ、〈ラ・ロント〉でおかいものするのー？」

「そうだよ」

一件の店の前で足を止めた安曇野が、大きな声をあげたナオキにうなずいてみせた。

重厚感ある石造りの大きな建物は、古き良き時代の面影を残しているが、全面ガラス張りの入口とショーウインドーは高級ブランドのショップらしい、洗練《せんれん》された雰囲気が漂っている。

「さあ、入って」

ドアを開けた安曇野に促され、陽希は恐る恐る足を踏み入れた。

店内は広々としていて、中央に半円を描くソファがどんと置いてある。壁際に設けられた棚に、数枚ずつ商品が納められていて、コーディネイトしたディスプレイには間接照明があてられていた。

商品がうずたかく積まれたワゴンもなければ、ハンガーラックもない。見える範囲にあるのは、ごく限られた数の商品だった。

『いらっしゃいませ、安曇野さま』

にこやかに出迎えたのは、安曇野と同年代の男性で、黒いスーツに身を包んでいる。

物腰が柔らかく、あまり気取った感じはしなかった。

『こんにちはー』

男性を目にした双子が、いっせいに駆け寄る。どうやら男性と二人は顔馴染《かおなじ》みらしい。

『こんにちは、奥にピエールがいるから遊んでいらっしゃい』

男性が屈み込んで声をかけると、双子は手を繋いで奥に駆けていく。

間もなくして、彼らのはしゃいだ声が聞こえてきた。

『面倒をかけて申し訳ない』

『とんでもない、坊ちゃまたちが見えるのを、いつも楽しみにしておりますよ。本日はどういったものをお探しで?』

安曇野が男性と言葉を交わしているあいだ、陽希は落ち着かない思いで店内を眺める。

こんな高級店に来たことがないから、どうしたらいいのかわからず戸惑いが大きい。

『彼にシャツを贈りたいんだ』

『さようで……』

男性の視線を感じ、陽希はにわかに緊張する。

見るからにこの店にそぐわない格好をしている自分を見て、彼はどう思っているのだろうか。目を合わせることもできずに、気づいていないふりをした。

「タッキー、こっちに来て」

安曇野から呼ばれ、店から逃げ出したい気持ちを抑えて歩み寄る。

『長袖でしたら、こちらなどいかがでしょう？　まだ若くていらっしゃるので、お似合いかと』

男性が勧めてきたのは、薄いクリーム色と上品なオレンジ色のストライプ地で仕立てたシャツだった。

形はシンプルながらも、色合いが派手に感じられる。とても普段着にはできそうにない。

どこに着ていったらいいのかまったく思い浮かばない陽希は、安曇野の反応が気になって隣を窺《うかが》い見る。

『色はこれだけ？』

わずかに首を傾げてそう言ったところをみると、彼も違和感を覚えたのだろう。

彼から勧められたら断り切れそうになかったから、胸を撫で下ろした。

『あいにくこちらの色だけでして……色がお気に召しませんでしたか？』

『もう少し淡い色合いのほうがいいと思うんだ』

『さようで……少々、お待ちいただけますか』

一礼した男性が、店の奥に足を向けた。

ようやく二人きりになり、陽希は小声で安曇野に話しかける。

「安曇野さん、こんな高級店のシャツじゃなくていいですよ」

「遠慮しなくていいよ。この前、世話になったお礼も兼ねてるんだし」

「でも……」

「あっ、これなんかどう?」

渋る陽希を横目に、安曇野が棚からシャツを取り出す。

「こっちのほうがいいか……」

迷い顔で、別のシャツを手に取った。

双方を陽希の胸に当てて見比べる安曇野は、いつになく楽しげだ。

「なんか、恋人のプレゼントを選んでる気分だ」

陽気な声をあげ、次から次へとシャツを手に取っては、陽希の胸にあてがってきた。

『お待たせいたしました』

何枚ものシャツを手にした男性が、こちらに歩み寄ってくる。

『こちらは、明日から店に出す予定でおりました商品で……』

『この色、春らしくていいなぁ』

男性が説明している途中で手を伸ばした安曇野が、一枚のシャツを取り上げて広げた。

ごく淡い紫色で、生地に少し艶《つや》がある。とても落ち着いた色合いなのだが、艶《あで》やかなぶん華やかに感じられた。

『どうだろう？』

　正面に立った彼が、広げたシャツを陽希に合わせてくる。

『こちらもお勧めでございますよ』

　男性が差し出してきたシャツはアイボリーで、同じく生地に艶があった。

　着ていく場所を選ばないのは、こちらのほうだろうか。とはいえ、この二枚ならば、どちらを選んでもらってもかまわない。普段は無理にしても、就職活動に使えそうだ。

『うーん、迷うな……』

「パァーパー」

　まだ買い物が終わっていないのに、子供たちが店の奥から走ってきた。早くも退屈してしまったのだろう。

「遊んでもらっていたんじゃないのか？」

「おなかすいたのー」

　双子が揃って安曇野を見上げる。

　夕飯の時間を過ぎているのだから、彼らが空腹を訴えるのもしかたない。

　さっさと買い物を終えたほうがよさそうだ。

『二枚ともいただいていくよ』

「安曇野さん、どっちかでいいです」

つい先ほど、ちらっと値札を見てしまった陽希は、慌てて安曇野の腕を掴む。

「一着はお詫び、一着はお礼だよ」

真顔でそう言った彼が、男性に向き直る。

『この子たちが痺れを切らしそうだから、急いで包んでくれないか』

『かしこまりました』

「タッキー、ちょっとこの子たちを頼む」

安曇野と男性がカウンターに向かい、残された陽希は大きなため息をもらした。

「一着、二百ユーロもするのに……」

一ヶ月の食費代より高いシャツを、躊躇《ためら》いもなく二着も買ったのだ。

贅沢な暮らしができるだけの稼《かせ》ぎがあるとわかっていても、安曇野の金銭感覚に呆れてしまう。

「おかいものおわったのー?」

「もうおうちにかえれるのー?」

カウンターで支払いをしている安曇野を見ていた陽希は、双子の声にハッと我《われ》に返り、その場にしゃがみ込む。

「もうちょっとでおわるからね」

にこにこしている二人の頭を撫でながら、再び安曇野に目を向ける。

男性と言葉を交わしている彼は、楽しそうに笑っていた。

「はやくごはんたべたーい」

「今日はなにが食べたい？」

「オムライスー！」

迷うことなく答えてきた双子は、瞳をキラキラと輝かせている。

「じゃあ、今夜はオムライス！」

陽希のひと言に、彼らの瞳がさらに輝く。

お詫びだとかお礼だとか言われても、高価すぎるシャツをただもらうわけにいかない。

とはいえ、自分にできることといったら、子供の世話と家事くらいだ。せめてものお返しに、それらを頑張《がんば》るしかない。

立ち上がって双子の手を取った陽希は、そんなことを考えながら安曇野を待っていた。

＊＊＊＊＊

安曇野の思いつきによって夕食を外ですませることになり、シャンゼリゼ大通りに面したカフェに四人で立ち寄っていた。

ビストロ並みの料理を提供するカフェが多くあり、夕刻は食事をする客でどこも賑わっている。

パラソルを広げたテラス席の丸いテーブルに安曇野と向かい合わせで座り、料理が運ばれてくるまで退屈しないよう、ひとりずつ子供を膝に乗せていた。

オムライスを食べたがっていた彼らも、滅多にできない外食に大喜びで、不満をもらすこともなく、膝の上で大人しくジュースを飲んでいる。

「今日はありがとうございました。たいせつに着させていただきます」

「もういいよ。何度、礼を言ったら気がすむんだ」

改めて礼の言葉を口にした陽希を、安曇野が呆れた顔で見てきた。

彼から贈られたのは、普段着にしているシャツの十倍もの値《ね》がするのだから、どれだけ礼を言っても足りない気がしてしまうのだ。

「タッキーは大学を出たあと、こっちで仕事したいって言ってたよね？」

「そのつもりなんですけど、なかなか働けるようなところがなくて」

ふと思い出したように訊ねてきた彼に、苦々しく笑って肩をすくめてみせた。

日本に帰りたくない思いがあっても、仕事が見つからないことにはどうしようもない。

安曇野のようにパリで身を立てたいけれど、どれほどフランス語に自信があっても、現状は厳しかった。

「就職活動みたいなことはもうやってるの？」

彼は膝に乗せているナオキの手元に注意を向けつつ、ときおりこちらを見てくる。

自分のことを心配してくれているのだろうか。それとも、時間潰しに訊いてみただけなのだろうか。前者だったら嬉しいけれど、彼の胸の内など知りようもない。

「翻訳書を出しているエージェントを何社か回りました。でも、実績もない僕なんかまったく相手にしてもらえなかったです」

「翻訳にもいろいろあると思うけど、タッキーがやりたいのは文学書だけ？」

「いいえ、そんなことはないです。っていうか、こだわっていたら仕事にありつけそうにないから、とにかく翻訳にかかわれる仕事を探そうと思ってます」

翻訳者を目指したのは、フランス文学が好きだったからだ。けれど、簡単に夢が叶わないことくらい理解している。

だから、いまは小説の翻訳者になることを最終目標にし、経験を積むことを優先しようと考えていた。

「なくなったー」

膝に乗っているハルキが、両手で持ったジュースのグラスを高く掲げる。

「もう飲んじゃったの？　早いねー」

彼に声をかけつつグラスを取り上げた陽希は、身を乗り出してテーブルに戻す。

「ごはんまだー？」

「もうすぐ来るから、いい子で待ってようね」

「はーい」

元気よく返事をしたハルキが、ぴょんと膝から飛び降りる。

「ハルキ君？」

「こっちにすわるー」

隣の椅子によじ上ってちょこんと腰かけ、足をプラプラさせながら通りを眺め始める。

人と車の流れが途絶えることのないシャンゼリゼ大通りが、彼はことのほか気に入ったようだ。

「ぼくもー」

声をあげたナオキを軽々と持ち上げた安曇野が、そのまま隣の椅子にと座らせる。

「ジュースは？」

「もういらなーい」

半分ほどジュースが残っているグラスを、ナオキが父親に差し出す。

安曇野は手を伸ばしてグラスを受け取り、テーブルに置いた。

「俺もこっちでの生活がそこそこ長いから、いろんな知り合いがいるんだ。君が働けそうなところがないかあたったたみるよ」

「えっ？」

こちらを真っ直ぐに見てきた安曇野を、陽希は驚きの顔で見返す。

「タッキーはこっちで独立したいんだろう？　分野は違うけど、ひとりで頑張ってる君が自分に重なるんだよなぁ……俺も若いころはけっこう苦労したから」

「そうなんですか？」

安曇野が苦もなくいまの地位を手に入れたとは思っていないけれど、いっさいそうしたことを見せてこなかったせいか、自ら口にしたことに驚いてしまった。

「だから、君のためになにかしてあげたくなる」

「こっちで仕事をするのが夢だから、少しくらいの苦労なんてへっちゃらです。それに、安曇野さんを見ていると夢が叶いそうに思えて、頑張ろうって気持ちになります」

彼の言葉が嬉しくて、つい興奮気味に喋ってしまった陽希は慌てて口を噤んだ。

「君はいつも一生懸命で、本当に可愛い」

ナオキの頭越しに手を伸ばしてきた安曇野が、陽希の髪をくしゃくしゃと撫でてくる。

一気に鼓動が跳ね上がり、身体の熱が高まった。

「もう……子供扱いしないでください」

照れ隠しに文句を言った陽希は、身体を引いて彼の手から逃れる。

特別な意味などない。子供たちを可愛がるのと同じように、ただ頭を撫でてきただけなのだと自らに言い聞かせた。

「すまない、つい撫でたくなってしまって……」

自分でもどうしてそんなことをしたのかわからないと言いたげに、安曇野が苦笑いを浮かべて見返してくる。

そのまま、まじまじと見つめられ、陽希はおおいに困惑した。彼を好きな気持ちが止まらない。どんどん好きになっていく。彼に対する思いが、溢れ出してしまいそうだ。

いっそのこと、好きだと言ってしまおうか。自分の胸に秘めておくのが、辛くてしかたなかった。

同性から好きだと言われた安曇野が、どういった答えを返してくるかは、おおよそ想像がついている。

――ごめん、俺は無理だ。君の気持ちには応えられない。

シモンと良好な関係を続けている彼は、きっとこちらに気を遣ってくれるに違いない。

あからさまに嫌悪感を示されたら立ち直れそうにないけれど、そうでなければしかたがないと諦められる。

「安曇野さん……」

『おまたせいたしました』

一世一代ともいえる決意をしたのに、料理を運んできた店員に邪魔され、陽希はキュッと唇を噛みしめた。

事情など知る由《よし》もない店員は、テーブルに次々と皿を並べていき、最後にワイングラスを安曇野と陽希の前に置いて下がっていった。

オーダーしたのは、ほうれん草のキッシュ、牛肉の煮込み、フレンチトーストで、四人で取り分けて食べるつもりだから、どれもひと皿だ。

気取りのない家庭料理からは、食欲をそそる香りがしてくる。とくに煮込み料理の香りが際立《きわだ》っていた。

「わーい、ごはーん」

歓声をあげた双子が身を乗り出してフォークを握ったが、テーブルが高くて自分ひとりで食べるのは難しそうだ。

「一緒に食べよう」

安曇野が椅子からナオキを抱き上げ、自分の膝に座らせる。

「これなら届くだろう？」

椅子を引いてテーブルに近づけると、ナオキがさっそく料理に手を伸ばした。

「ハルキ君も」

ナオキを見てすでに椅子から降りていたハルキを抱き上げ、陽希は同じように膝に座らせてやる。

「ありがとー」

振り返ってにこっと笑ったハルキが、ナオキに遅れを取るまいとキッシュにフォークを突き立てた。

「切ってあげるよ」

大きなキッシュをそのまま持ち上げそうな勢いに慌て、陽希はそそくさと小さく切り分けていく。

「タッキー、この煮込み、抜群《ばつぐん》に美味《うま》いよ。食べてみて」

肉を載せたスプーンを口元に寄せられ、反射的に口を開ける。

口に入れたとたんに、肉の塊がほろりと崩れた。濃厚なソースは味わい深く、自然に顔が綻ぶ。

「美味しい」

「だろう？」

安曇野と顔を見合わせて笑う。

いつものように慌ただしく食事が始まり、告白どころではなくなった。けれど、もし告白していたら、楽しい食事が台無しになっていたかもしれない。

こうして四人で賑やかに食事ができるのは、安曇野が自分の気持ちを知らないからだ。

嬉しそうに料理を頬張《ほおば》る双子と、ワインを飲む間もないほど子供の世話に追われながらも、笑みを絶やさない安曇野を見ている陽希は、言わなくてよかったと思っていた。

第七章

安曇野たちと暮らし始めて一週間が過ぎた。

大学に通いながら双子の世話をするという、これまでとほぼ同じ日々が続いている。違っているのは、安曇野たちと一緒の朝を迎えられることだ。安曇野の負担を減らすため、陽希は朝食の準備を買って出ていた。

モニカが来るまでのあいだ四人で過ごし、出勤する安曇野と一緒にアパルトマンを出て大学に向かう。

講義が始まるまで一時間ほどの余裕があったが、モニカといるのが気まずく感じられ、大学で予習して時間を潰《つぶ》すようにしていた。

「さてと……」

いつものように大学からの帰り道に買い物をしてきた陽希は、モニカとの引き継ぎをすませ、まずキッチンに向かった。

子供たちは昼寝の最中で、買ってきたものを先に片づけようと思ったのだ。けれど、モニカから受けた注意事項が気になり、荷物を置いてキッチンを出た。

「風邪《かぜ》じゃないといいけど……」

散歩をしている最中に、ハルキが何度か咳《せき》をしたらしいのだ。

熱はないと言われたが、やはり気になる。とにかく様子だけ確認しておかなければと、子供部屋のドアをそっと開ける。

双子はそれぞれ自分のベッドで、気持ちよさそうな寝息を立てて眠っていた。

しばらくその場にいたけれど、ハルキが咳をすることはなく、問題なさそうだと判断してキッチンに戻った。

「昨日も今日もオムライスでいいのかなぁ……」

テーブルに置いておいた袋を持って、冷蔵庫に向かう。

買い物を任されてから、毎日のように市場《いちば》に寄っている。自然に売り場の人たちと顔馴染みになり、昨日はチーズ、今日は卵をおまけをしてもらった。

そうした些細《ささい》な喜びが元気に繋がり、これまでになく勉強や家事に精が出るようになっている。

食材をすべて片づけ終えてテーブルに戻り、手提《てさ》げつきの紙袋から小さな箱を取り出す。

「マカロン……」

箱を手に頬を緩めた陽希は、テーブルに下ろして紙袋を畳んでいく。

双子のために選んだおやつだが、ずっと食べたいと思いながら、高くて手が出せなかった菓子だ。

安曇野から食費として三百ユーロ預かっている。桁違《けたちが》いの金額に呆れながらも、使い切らずに残せばいいだけのことだと思い、いつもと同じく節約を心がけていた。

とはいえ、たまの贅沢くらいは許されるだろう。もとより、マカロンは自分のために買い求めたわけではない。子供たちのおやつにするためで、ひとつだけ味見させてもらうつもりでいた。

「あっ、ナオキ君」

キッチンの入口に立って目を擦《こす》っているナオキに気づき、陽希は歩み寄っていく。

「ハルキ君は？」

「ハルキねー、おきないのー」

「まだおねんねしてるの？」

おかしいなと思いつつ訊ねると、ナオキがまだ眠たそうな顔で見上げてきた。

「なんか、うんうんいってるー」

ナオキの言葉にハッとした陽希は、急いで子供部屋に向かう。

胸騒ぎがする。双子は眠りにつくときも一緒なら、目を覚ますときも一緒なのだ。

「ハルキ君！」

ベッドに駆け寄り、顔を覗き込むと同時に息を呑む。

ハルキの顔は真っ赤で、大粒の汗が浮き上がっている。

額に手を当ててみると、驚くほど熱くなっていた。

「えーっと……安曇野さんに……」

激しく動揺した陽希は、尻ポケットからスマートフォンを取り出す。

「あっ、でも仕事中……」

電話をかけたら仕事の邪魔になるかもしれない。それより先に、医師に診せたほうがいいだろう。

「小児科……救急病院かな……」

ひとりブツブツと言いながら、病院を検索しようとスマートフォンに文字を打ち込んでいく。

「ハルキ、どうしたのー？」

「お熱があるみたい。お散歩で風邪を引いちゃったのかな……」

「パァーパとおなじごびょうきなのー？」

「パパと同じじゃないよ、ハルキ君は……」

相手をしながら検索していた陽希は、ナオキの言葉にふと緊急往診サービスのことを思い出す。

「あのとき、確か電話番号を……」

役に立つかもしれないと、電話番号を登録していた。

あたふたと電話をかけて事情を説明すると、五分で到着すると言われ、とりあえず医師に診てもらえることになって胸を撫で下ろす。

「よかった……」

安堵したのもつかの間、ナオキが素足で立っていることに気づき、椅子に置いてある靴下を取り上げる。

「ナオキ君、靴下をはこうね」

しゃがんで靴下を差し出すと、肩に掴まってきたナオキが片足を上げてきた。

「向こうに行ってようか」

靴下を穿かせた彼を抱き上げ、リビングルームに向かう。

ハルキが熱を出した原因はまだ不明だが、風邪を引いた可能性がある。同じ部屋にいたら、ナオキにうつってしまうかもしれなかった。

「ナオキ君、ひとりでいい子にできるかなぁ？」

ソファに座らせたナオキの前に膝をつき、事情が飲み込めずにきょとんとしてる顔を覗き込む。

「ハルキとあそべないのー？」

「うん、お熱あるから遊べないんだ」

「じゃあ、ここでアニメみてるー」

「なにが観たい？」

「きかんしゃトーマスがみたーい」

元気に返事をしたナオキのために、ＤＶＤをセットしてやる。

ソファに戻って彼の隣に座り、リモコンの再生ボタンを押し、始まるのを一緒に待つ。

「ナオキ君、お熱ない？」

ふと気になってナオキの額に手を当てた。

「ぼく、げんきだよー」

「熱はないみたいだね」

本人の言葉どおり、ナオキは熱は高くなかった。

「はじまったー」

ナオキが両手をパチパチと打ち鳴らす。と同時にインターホンが鳴り響いた。

「もう来たのかな？」

忙《せわ》しなくソファから立ち上がり、インターホンまで駆けていく。

「ナオキ君、いい子にしててね」

インターホン越しに短く言葉を交わしたあと、ナオキに声をかけた陽希は、その足で玄関に向かう。

「早くて助かる……」

あの日、安曇野が利用しなかったら、この非常事態に〈ＳＯＳメドゥサン〉を思い出すこともなかっただろう。

苦しい思いをした彼に申し訳ないと思いつつも、陽希は胸の内で感謝していた。

＊＊＊＊＊

「ハルキ！」

大きな声に驚いて振り返ると、血相《けっそう》を変えた安曇野が子供部屋に飛び込んできた。

「熱を出したってどういうことだ？　朝は元気だったろう？」

ベッドの脇まで来た彼が、眠っているハルキを心配そうに見下ろす。

医師に診てもらっているあいだに、居ても立ってもいられなくなった陽希は、安曇野に連絡を入れたのだ。

診察の途中だったから、ハルキが熱を出したとしか伝えようがなく、不安に駆られた彼は仕事中にもかかわらず戻ってきたのだろう。

診察が終わるのを待てばよかったと、陽希はいまさらながらに後悔したが、こうなっては後の祭りだ。

「風邪を引いたみたいです。でも、初期症状なので、薬を飲めばすぐに熱も下がるだろうと医師に言われました」

「どうして風邪なんか……」

ため息交じりにつぶやいてベッドの端に腰かけた安曇野が、ハルキの赤くなっている頬をそっと撫でる。

濡れたタオルで顔を拭いてあげたから、さっぱりとした顔をしているが、まだ赤みが引いていない。

安曇野の目には、さぞかし息子が痛々《いたいた》しく映っていることだろう。安曇野の神妙《しんみょう》な面持《おもも》ちに、陽希は胸が締めつけられた。

「安曇野さん、ハルキ君は僕が見てますから、事務所に戻ってください」

「だけど、ナオキもいるし、君ひとりでは……」

重苦しい声をもらした彼が、厳しい顔つきで見上げてくる。

「僕なら大丈夫です。こちらのことは僕に任せて、仕事に専念してください」

今回ばかりは、引き下がるつもりはない。

安曇野は重要なコンペを控《ひか》えている。彼にはどうあっても仕事に集中してほしかった。

「パァーパ、ぼくひとりでいいこにできるよー」

廊下から声をかけてきたナオキは、そこに立ったまま子供部屋に入ってこない。

ハルキの熱が下がるまで子供部屋に入ってはいけないと注意したから、彼はそれをしっかりと守っているのだ。

「ナオキ……」

静かにベッドから腰を上げた安曇野が、ナオキに歩み寄っていく。

「そうか、ひとりでいい子にできるか」

「できるよー」

抱き上げられたナオキが得意げに答え、安曇野が頬を緩める。

「さあさあ、早く仕事に戻ってください」

陽希はわざと軽い口調で安曇野を廊下の向こうに追いやり、音を立てないようにそっと子供部屋のドアを閉めた。

「仕事から帰ってくるころには、きっとハルキ君の熱も下がってますよ」

「そうだな」

ようやく納得したのか、安曇野が抱いているナオキを廊下に下ろす。

「君には面倒をかけてばかりだな、本当に申し訳ない」

「面倒だなんて思ってませんよ。安曇野さんはなにも気にせず、家のことは僕に任せて仕事をしてください」

陽希がきっぱりと言い切ると、安曇野がふと伸ばした手で頬に触れてきた。

真っ直ぐに見つめてくる彼の瞳がやけに熱く感じられ、ひどく狼狽《うろた》える。

「頼もしいものだ」

ふっと笑った安曇野に頬をポンポンと軽く叩かれ、平静を保つのがやっとの陽希はなにも返せない。

「なるべく早く帰るようにするよ」

「いってらっしゃーい」

にこやかに背を向けた安曇野に、ナオキが無邪気に手を振る。

ハッと我に返って声をかけた陽希は、ナオキと手を繋いで玄関に向かう安曇野のあとを追う。

「よろしく頼んだよ」

「はい」

安曇野を玄関から送り出した陽希は、そろそろおやつの時間だと気づき、ナオキと一緒にキッチンに向かう。

（あんなことされたら……）

頼りにされるのは嬉しいけれど、それだけでは物足りなくなってくる。

必死に恋心を抑え込んでいるのに、どうして安曇野は煽《あお》るような真似ばかりしてくるのだろう。

それに、特に意味がないとわかっていても、熱い眼差しを向けられたり、躊躇いもなく触れられたりしたら、勘違いしてしまいそうになる。

「タッキー、どうしたのー」

黙り込んでしまったのを不思議に思ったのか、ナオキが大きな瞳で見上げてきた。

「うん？　ハルキ君が早くよくなるようにお祈りしてたんだよ」

ささやかな嘘をつき、ナオキを抱き上げて子供用の椅子に座らせる。

子供はどんなことにも敏感で、ちょっとした変化も見逃さない。子供たちと一緒にいるときは、いつも明るく元気に振る舞っていなければと、陽希は改めて思っていた。

＊　＊　＊　＊　＊

「ナオキ君、おとなしく寝ましたか？」

パジャマ姿でキッチンに現れた安曇野に気づき、陽希は振り向きざま声をかけた。

「ああ」

短く答えた彼はそのまま冷蔵庫に向かい、冷やしていた白ワインを取り出す。

すかさず食器棚からワイングラスを取り出し、テーブルに置いた。

「ありがとう」

そう言って椅子に腰かけ、グラスにワインを注いでいく安曇野を、陽希は調理台に寄りかかって見つめる。

彼が仕事を終えて帰ってきたときには、もう八時を回っていたのだが、そのあいだハルキは一度も目を覚ますことなく、ぐっすりと眠っていた。

熱が完全に下がり切っていないため、まだ安心はできない。稀《まれ》に熱がぶり返すことがあると医師に言われていたからだ。

それでも、ハルキの落ち着いた寝顔を見て安堵したのか、安曇野は遅い夕食をすませるとナオキと一緒に風呂に入った。

子供部屋で寝かすわけにはいかないと、自分の寝室に連れて行き、ナオキを寝かしつけてキッチンに戻ってきたのだ。

さすがに疲れたような顔をしている。仕事に集中できたのだろうか。彼はあまり仕事のことを話題にしないこともあり、訊ねるのが憚《はばか》られて黙っていた。

「なにかつまみますか？　市場でブリーチーズとエスカルゴを買ってきたんですけど？」

「すごいね、両方もらおうかな」

嬉しそうに顔を綻ばせた彼にうなずき返し、陽希はつまみの用意を始める。

フランスのブリー地方で作られた白カビのチーズで、彼は夕食用の総菜と一緒によく買ってきていた。

彼の好きなものは、もう頭に入っている。白ワイン、エスカルゴ、ハムのタルト、そしてブリーチーズだ。

まずオーブンのスイッチを入れ、続いて冷蔵庫から出したエスカルゴとチーズを調理台に置き、食器棚から耐熱皿とチーズ用のカッティングボードを取ってきた。

耐熱皿にエスカルゴを並べていき、オーブンに入れて温める。料理済みだから冷たいままでも食べられるけれど、温めたほうが格段に美味しい。

フィルムを剥がしたチーズをカッティングボードに載せ、引き出しを開けて添えるための小さいナイフを探す。

「君がそうしているのが当たり前に思えてきたなぁ」

「そうですか？」

ナイフを探している陽希が振り向くことなく答えると、背後でゴトッと椅子の動く音がした。

「タッキーさぁ……」

すぐ後ろから聞こえてきた声に驚き、パッと顔を上げて振り返る。

「は、はい？」

「このまま俺に永久就職しない？」

「なっ……」

あまりの驚きに、引き出しから取り出したナイフを床に落としてしまう。

ナイフを拾い上げて調理台に置いた陽希は、グラスを手に立っている安曇野を、表情も険しく見返した。

「馬鹿なこと言わないでください。もう酔ったんですか？」

「これっぽっちで酔わないよ」

グラスを掲《かか》げて見せた彼が、まさかと笑う。

悪びれたふうもない顔つきに、彼の考えが読めない。

「じゃあ、どうしておかしなこと言ったんですか？」

「君が好きだから、ずっと一緒に暮らせたらいいなと思って」

「好き？　僕のことを？」

「そうだよ」

「冗談もほどほどにしてください、安曇野さんは僕と違ってノーマル……」

動揺するあまり、自ら墓穴を掘るようなことを言ってしまった陽希は、咄嗟に口を押さえた。

彼が聞き逃してくれていることを必死に祈ったけれど、そう都合よくことは進まない。

「ん？　僕と違ってって言った？」

項垂《うなだ》れたまま答えないでいると、片手であごを捕らえてきた彼に顔を上向かされ、しかたなく目を合わせる。

「もしかしてタッキー……」

驚きに目を瞠った彼を見ていられなくて、すぐさま視線を逸らした。

「なんだ、そうだったのか……よかった……」

彼がもらした嬉しそうな声が解せず、恐る恐る視線を戻す。

なぜか彼は笑っていた。それも、見たことがないくらい嬉しそうだ。いったいどうしてしまったのだろうか。

「これで遠慮なく君に告白できる」

陽希のあごから手を離した彼が、晴れやかな顔でワインを飲み干し、グラスを調理台に下ろす。

「えっ？」

彼の言葉が理解できない。告白とはなんだろう。わけのわからないことを言われ、にわかに混乱する。

「俺、君が好きなんだ。男を好きになるなんてあり得ないと思ってたけど、どうやら本気になってしまったみたいで」

「嘘……」

「嘘じゃない。もう君なしではいられない。君がいない生活なんて考えられないんだ」

ひしと抱きしめられ、一瞬にして硬直した。

こんな展開は一度だって想像しなかった。想像したところで虚《むな》しくなるだけだとわかっていたから、考えないようにしていたのだ。

それなのに、絶対に起こらないと思っていたことが起きてしまった。あまりの衝撃に、嬉しいはずなのに喜びが湧いてこない。

「タッキー、これからも俺のそばにいてくれないか？　ベビーシッターとしてじゃなく、俺の恋人として一緒に暮らしてくれないか？」

「僕は……」

抱きしめてくる腕の中で身じろぎ、陽希はそっと顔を上げる。

いまも彼の言葉が信じられない。恋い焦《こ》がれてきた相手が、同じ思いでいてくれたなんて、そう簡単には信じられないのだ。

「俺、タッキーの好みじゃないのか？」

返事を待つことに焦れた安曇野が、不安げに見つめてくる。

おかしなもので、どこか切羽詰《せっぱつ》まったような彼の顔つきに、ようやく信じてもいいのだと思えた。

「そんなことないです。安曇野さんは僕のタイプのど真ん中ですよ」

「ホント？」

「だって、初めて会ったときから、僕はずっと安曇野さんのこと……」

「好きだった、の？」

神妙な面持ちで途切れさせた言葉を続けてきた彼に、迷うことなくうなずき返す。

「はい」

「タッキー……」

破顔《はがん》した彼に再び抱きしめられ、そして、キスされた。

「んっ」

生まれて初めてのキスに胸が高鳴る。

奇跡が起きたとしか思えない。

叶わない恋だと諦めていたから、唇を触れ合わせているのが嬉しくてたまらなかった。

「んふっ……」

深く唇を重ねてきた彼に口内をくまなく舐められ、搦め捕られた舌をきつく吸われる。

キスの経験など皆無だから、どうしたらいいのかすらわからず、陽希は為《な》すがままだ。

「ふ……っ」

何度も舌を吸われ、鳩尾の奥が熱く疼いた。

これまで味わったことがない感覚に戸惑い、狼狽《うろた》える。

それなのに、唇を離してくれない。執拗に貪《むさぼ》られ、疼きがどんどん大きくなっていく。と同時に思考がままならなくなる。触れ合っている互いの舌の感覚だけがすべてになっていった。

「はふっ……」

遠くから聞こえてきた小さな音に、どちらからともなく身体を遠ざけて顔を見合わせ、無言で耳を澄ます。

「ハルキ……」

「ハルキ君……」

同時に声をあげるなり、二人でキッチンを飛び出していく。

ハルキが呟き込んでいる。キスに夢中になっている場合ではなかった。

「いいところを邪魔されたけど、今回ばかりはしかたないな。続きはハルキが元気になってからだ」

「はい」

廊下を足早に歩きながら声をかけてきた安曇野を、はにかんだ顔で見返す。

彼とキスをしたと思うと恥ずかしかったけれど、喜びのほうが勝《まさ》っていた。

彼らと一緒にいられるだけで幸せだと思ってきた。それ以上のことを望んでも無駄なのだと、自らに言い聞かしてきた。だからこそ、思いが同じだと知った喜びは大きい。

陽希は咳き込むハルキを心配しつつも、恋人として安曇野のそばにいられる幸せを噛みしめていた。

第八章

「まだねたくなーいー」

すっかり熱が下がったハルキは、これまでのぶんを取り返そうとしているかのように、一日中はしゃいでいたのに、遊び足りていないらしい。

丸二日もベッドで寝ていたのだから、しかたないとも思うのだが、いつまでも起こしておくわけにはいかなかった。

「ちゃんと寝ないとまたお熱が出て、ハルキ君だけ遊べなくなっちゃうんだけどなぁ」

ちょっとした脅《おど》しをしてみたら、ベッドでぴょんぴょん跳ねていたハルキが、そそくさと毛布の中に潜り込む。

「おねんねしたら、おねつでないよねー？」

「いい子にしてたらね」

肩まで毛布を引き上げてやっていると、パジャマ姿で安曇野が子供部屋に入ってきた。

「まだ寝てないのか？」

目をぱっちりと開けているハルキを見て、彼が呆《あき》れ気味にため息をもらす。

「パァーパ、おうたうたってー」

「おうたー」

ハルキにつられたのか、それまでおとなしくしていたナオキまでが大きな声をあげ、安曇野が苦笑いを浮かべて陽希を見てくる。

「タッキー、この子たちは俺が寝かしつけるから、お風呂に行っていいよ」

「でも……」

「時間の節約だよ」

意味ありげに笑った彼が、急かすように片手を振ってきた。

「じゃあ、お願いします」

陽希は軽く頭を下げ、すごすごと子供部屋をあとにする。

着替えを取りに自室に向かって歩き出すと、安曇野の歌声が聞こえてきた。

唯一、彼が歌える子守歌の〈ぞうさん〉だ。歌声は聞いたことがあるけれど、歌っているときの彼を見たことがない。

彼のことだから、愛《いと》しげに子供たちを見つめつつ歌っていることだろう。そんな彼と、これから初めての夜を迎えようとしているのだ。

「なんか後ろめたいなぁ……」

安曇野から「今夜は一緒に寝るよ」と言われたのは今朝のことだ。

朝っぱらからそんな予告をしてこなくてもいいのにと思いつつも、拒《こば》む理由がない陽希は素直に了承していた。

好きな人とようやく結ばれるときがきたのだから、これほど嬉しいことはない。けれど同時に、消え入りたくなるほど恥ずかしくもある。

彼の前でどう振る舞ったらいいのだろうか。彼と裸で抱き合う自分を想像しただけで、顔が火照《ほて》ってくる。

「ああ、もう……どうしよう……」

ひとり羞恥に顔を赤くしている陽希は、小走りで自分の部屋に飛び込んでいった。

＊＊＊＊＊

「今日のハルキ君は元気をもてあましていて、目を覚ましてしまうかもしれないから、日を改めませんか？」

安曇野とひとつのベッドに入っていながら、この期に及んで気後れしてきた陽希は提案してみたが、笑顔で却下されてしまう。

「んんっ」

いきなり唇を奪われ、舌を搦《から》め捕られる。

激しく吸われ、淫《みだ》らな音が耳に届いてきた。先日とは異《こと》なる、有無《うむ》を言わさない勢いのキスに、彼を止めるのは無理だと悟る。

「ふっ……」

彼は息継ぎを惜《お》しむかのように、執拗《しつよう》にキスを繰り返してきた。

息苦しさに、頭が朦朧《もうろう》としてくる。恥ずかしくてしがみついていた手から、次第に力が抜け落ちていく。

「はぁ……」

ようやくキスから解放してくれたと思ったら、彼は陽希のパジャマに手をかけてきた。

長いキスに脱力していて、彼を制止することができない。瞬く間に上半身を裸にされ、下着ごとズボンを脱がされてしまった。

「やっ……」

ただならない羞恥に襲われ、小さな声をもらして彼に背を向ける。

先にベッドに入っていた彼はすでにパジャマを脱いでいたから、これで互いに一糸纏わぬ姿になった。その状況が、居たたまれないほど恥ずかしい。

「タッキー」

咎めることなく背中越しに抱きしめてきた彼が、剥《む》き出しの肩にあごを乗せてきた。

「経験あるのかな？」

「ない……です……」

蚊《か》が鳴くような声で答えると、彼が小さく笑った。

「俺も男は知らないから、お互いに初体験だな」

そんなことを言いながらも、余裕綽々《しゃくしゃく》に感じられる。

知らなくてもできるものなのだろうか。不安でいっぱいだから、よけいに不思議でならなかった。

「愛してる」

ゾクリとするほどの甘い囁きを耳に吹き込んできた安曇野が、露《あら》わな陽希の胸に手を滑らせてくる。たったそれだけのことに全身が細波《さざなみ》立ち、そこかしこに熱が生《しょう》じ始めた。

「ここは感じるのかな？」

胸の突起を指先で摘まれ、チクッとした痛みを感じて身を捩《よじ》る。

「んっふ……」

最初に感じたのは痛みなのに、そのあとに駆け抜けていった甘い痺れに、勝手に鼻にかかった声がもれていた。

「感じるみたいだね」

もらした声に昂揚したのか、彼が小さな突起を弄《もてあそ》び始める。

そこから広がっていく痺れが気持ちいい。どうしてこんなに感じてしまうのだろうかと怖くなるくらいに、乳首で感じてしまっていた。

「こっちはどうかな？」

胸を離れた手が、下腹を目指す。

肌をなぞっていく掌の感触に、ますます身体の熱が高まっていく。

「ひっ……」

下腹を越えた手で己自身を包み込まれ、驚きに喉の奥を鳴らした陽希は逃げ惑う。

なんの躊躇いもなく触れてきた手でやわやわともみし抱かれ、そこで弾けた甘酸《あまず》っぱい感覚に、熱い吐息がもれる。

「あふっ……んん……」

「いい反応だな」

彼の声にふと己に意識を向け、陽希は驚愕する。

まだ触れられていくらも経っていないのに、すっかり勃《た》ち上がっていたのだ。

それをからかうように輪にした指で扱《しご》かれ、たまらない快感が駆け抜けていく。

「感度がよすぎるよ」

楽しげに言ったかと思うと、より硬く張り詰めた先端を指の腹で撫で回してきた。

早くも蜜《みつ》に濡れてきたそこを擦《こす》られ、溢れ出した快感に腰がガクガクと震える。

「ひっ、ん……ああっあぁ……うぅん……」

「すごい濡れてきたな」

強烈な快感に身を震わせている陽希を言葉で煽ってきた彼が、同じ場所をこれでもかと攻め立ててきた。

「やっ……んんっんん」

敏感な先端部分を濡れた指で撫で回され、硬度を増した己自身を手早く扱かれ、腰が激しく揺らめく。

「あっ……安曇野……さん」

下腹の奥から迫《せ》り上がってきた抗《あらが》い難い射精感に、陽希は切羽詰まった声をあげて彼の腕を掴んだ。

「もうイキそうなのか？」

彼の声がどこか呆れたように感じられた。

こんなにも早く達してしまうなんて、思いも寄らなかったのだろう。

それでも我慢できそうにないから、みっともないのを承知でうなずき返す。

「俺もじっくり楽しむほど余裕ないから次に移るよ」

股間から手を離した彼が、いきなり陽希を乗り越えてきた。

なにをするのだろうかと思う間もなく正面から抱きしめられ、さらには片脚を彼の太腿に引っかけられる。

「安曇野さん？」

「初めてなんだから、慣らさないとダメだろう？」

優しく言い聞かせてきた彼が、サイドテーブルに手を伸ばす。

彼の手元に目を向けると、小さなボトルを取り上げ、自分の指先にねっとりとした液体を垂《た》らし始めた。

それが潤滑剤だと察するのは容易《たやす》い。自分のために用意してくれていたのだ。嬉しいような恥ずかしいような、なんとも言い難い気持ちになった。

「冷たいかもしれないけど我慢して」

彼に言われたとおりにしようとしたけれど、指が秘孔に触れたとたん身体に力が入ってしまう。

「挿《い》れるよ」

「あっ、まだ……」

心構えができる前に指を挿れられ、ますます身体が硬くなる。

それなのに、彼はかまわず指を奥に進めてきた。

「ひっ」

「少しの我慢だから」

彼から宥《なだ》められ、力を抜こうと頑張《がんば》る。

深く息を吐き出すと、その瞬間を逃すことなく彼が指をさらに進めてきた。

潤滑剤に濡れているからか、思ったほど痛みは感じない。ただひどく窮屈《きゅうくつ》だった。

「きついね」

そう言いながら、浅い位置で指を抜き差ししてくる。

擦られる秘孔がむずむずしてきた。

自然に身体から力が抜ける。それを感じ取ったのか、彼が奥深くへと指を挿れてきた。

「我慢できそう?」

耳元で訊かれ、コクリとうなずく。

早く窮屈さから逃れたかったけれど、ここを我慢しなければ先に進めない。安曇野とひとつになるための試練なのだと自分に言い聞かせた。

「ひゃっ」

深く差し入れた指で中を探られ、とある場所で嫌な感覚が一瞬に吹き飛ぶほどの快感が弾けたのだ。

「そこ……」

「ここ?」

思わず口を突いて出た言葉に、安曇野が再び指で中を探り出す。

「い……んん……ぁあぁ……」

またしても強烈な快感が湧き上がり、しどけなく身悶《みもだ》える。

「ここなのか……」

確認するようにつぶやいた彼が、突き止めた場所を外すことなく刺激してきた。

「ひっ……んく……ふあぁ、ああっ、あ――っ」

声も震えもとまらない。

安曇野自身と触れ合っている己が、限界を訴えてビクビクと揺れ動いている。

「だめ……もっ……」

目の前がチカチカしてきて、いまにも達してしまいそうだった。

「あとちょとの我慢」

そう言うなり指を引き抜いた彼に仰向けにされ、両足を担《かつ》がれる。

「ホントに余裕なくてごめん」

詫《わ》びてきた彼が、少しだけ緩んだ秘孔に怒張《どちょう》の先をあてがってきた。

「んっ」

指とは異なる圧迫感に、全身が硬直する。

けれど、これで彼とひとつになれるのだと思ったら、ふと力が抜けた。

「挿れるよ」

短く言った彼に一気に貫《つらぬ》かれ、衝撃的な痛みが駆け抜ける。

叫ばずにはいられないほどの激痛に、陽希は慌てて口を両手で塞ぐ。

こんな切羽詰まった状況にありながらも、子供部屋で寝ている双子が脳裏を過ぎり、防衛本能が働いたのだ。

「んんっ」

きつく両手で塞《ふさ》いでいても、抑えきれない呻《うめ》きが指の隙間から零れてくる。と同時に、大量の汗が噴き出し、涙が溢れてきた。

「痛い？」

心配そうな安曇野に、口を押さえたまま首を横に振る。

大声をあげたいくらい痛みが酷い。けれど、痛みはいずれ悦《よろこ》びに変わると、陽希は確信していた。

安曇野がゆっくりと腰を動かし始める。そのたびに身体が大きく揺さぶられ、秘孔の痛みが炸裂《さくれつ》した。

「ううっ……」

「ごめん、こっちを忘れてた」

たびたびもれる呻き声に、彼がふと思い出したかのように、痛みに萎《な》えそうになっている陽希自身を握ってくる。

「ん……ふっ」

慣れた手つきで扱かれ、瞬く間に舞い戻ってきた快感に意識が己に向かう。

硬さを取り戻したそこを丹念に扱き、蜜に濡れた鈴口を指先で擦ってくる。

忘れていた射精感が蘇《よみがえ》り、次第に秘孔の痛みを忘れていった。

「ふっ、ふっ……んんっ」

声が自由にならないのがもどかしい。

早く射精したくてたまらない。

「タッキー、限界だ……」

上擦った声をもらした安曇野が、一気に抽挿を速めてくる。

己を扱いてくれている手も速くなり、陽希は呆気なく昇り詰めた。

「はぅ……」

息むと同時に、彼の中で己が弾ける。

「くっ……あ」

短く呻いた彼が、ずんと奥深くを突き上げてきた。

次の瞬間、彼の迸《ほとばし》りを内側にはっきりと感じる。彼もまた達したのだ。

「ふう……」

大きく息を吐き出した彼が、繋がりを解いて身体を重ねてくる。

異物が抜け出るときに顔をしかめたけれど、すぐに抱きしめられて安堵のため息をついた。

「はぁ……」

躊躇うことなく彼の背に手を回す。

生まれて初めてのセックスは、あまりにも呆気なかったけれど、かつてない悦びを感じている。安曇野と結ばれたこの瞬間は、きっと一生忘れられないだろう。

「ごめん、余裕なさすぎだな俺も……」

耳をかすめていった情けない声に、思わず小さな笑い声をもらす。

「僕だって……」

「お互いさまか」

安曇野もまた笑った。

一緒に笑えるのが嬉しくて、きつく彼を抱きしめる。

「もっとしてほしいの？」

「ち、違いますよ」

慌てて首を横に振り、そっと胸に頬を寄せた。

好きな人と抱き合える喜びなど、自分は味わえないと思っていたから、それを噛みしめたいのだ。

「このまま寝ても大丈夫ですか?」

「もちろん。俺もそうしたい」

彼が優しく頭を抱き込んでくれる。

静かに目を閉じた陽希は、耳に響いてくる安曇野の鼓動を心地よく感じながら、いつしか深い眠りに落ちていた。

第九章

「……っ」

寝返りを打った瞬間に駆け抜けた痛みに、陽希は深い眠りから呼び覚まされた。

「あっ……」

ふと開けた目に映った安曇野の寝顔に昨夜のことが蘇り、ひとり顔を真っ赤にする。

感じる痛みは彼とひとつになれた証《あか》しだ。そう思うと、痛みすら喜びに変わる。

緊張と羞恥に楽しむ余裕など皆無《かいむ》だったけれど、幸せな時間だった。

「朝ご飯の用意をしないと……」

しばらくベッドで安曇野の寝顔を眺めていたかったけれど、ぐずぐずしていたら双子が目を覚ましてしまう。

父親のベッドで一緒に寝ているところなど、彼らに見られたら大変だ。いくら子供でもおかしいと思うだろう。

気持ちよさそうに寝ている安曇野を起こさないよう、注意深く上掛けから抜け出してベッドを下りる。

素っ裸の自分に気づき、慌てて床に落ちている下着とパジャマを身につけた陽希は、スリッパを突っかけて洗面所に急ぐ。

洗顔をすませ、自室でシャツとデニムパンツに着替え、ひと息つく間もなくキッチンに向かった。

まだ子供たちの声は聞こえてこない。彼らはことのほか寝覚めがよく、起こしに行く必要もない。

以前は、目を覚ました彼らは真っ先に安曇野の寝室に行っていたようだが、陽希が一緒に暮らし始めてからは最初にキッチンに顔を出すようになっていた。

パジャマ姿で目を擦りながらやってくる彼らを、キッチンで朝食の用意をしながら待つのが日課になっている。

朝はあまり得意ではなかったけれど、ここに来てからは早起きも苦にならなくなった。賑やかで楽しい朝は、ひとり暮らしでは絶対に味わえない。朝から満たされた気分になるのだから、眠気も吹き飛ぶのだ。

珈琲を淹《い》れるための湯を沸かし、冷蔵庫の中を覗き込む。安曇野と子供たちのために、朝食のメニューを考えるのも楽しい時間だ。

「昨日はオムレツだったから、ハムエッグにしようかな……それよりソーセージのほうがいいかな……」

あれこれ悩んだ末に、卵、ソーセージ、牛乳、トマトを取り出す。

朝の主食はほとんどクロワッサンだった。たんに子供たちが大好きなだけで、フランス流の朝食にこだわっているわけではないらしい。

「タッキー、おはよー」

双子のお出ましだ。

調理台を前に立っていた陽希はいったん火を止め、満面の笑みで彼らを迎える。

「おはよう！　よく眠れたかなぁ？」

「ねむれたー」

「じゃあ、朝の歯磨きをしようね」

元気よく返事をした彼らと手を繋ぎ、洗面所に向かう。

「きょうはなにしてあそぶのー？」

「なにをしようか？」

「トランプー」

「いいね、ほかにもしたいことある？」

「ごほんよんでー」

「うん、ご本も読もうね」

会話をしながら洗面所に入っていくと、彼らは自ら足元に置かれた踏み台に乗った。

子供用の歯ブラシにチューブから歯磨きを絞り出し、それぞれの手に持たせる。

「はい、はじめー」

陽希のかけ声とともに、彼らが同時に歯を磨き始める。

鏡に映っている彼らを、後ろに立って眺めた。小さな手が一緒に上下する。横に動かすときも同時だ。申し合わせたかのようなそっくりな動きは、見ていて飽《あ》きない。

「おはようございます」

鏡に映り込んできた安曇野の姿に、陽希は顔を綻ばせる。

「おはよう」

鏡越しに目を合わせて笑ったパジャマ姿の彼が、ボサボサの髪を無造作に掻き上げながら欠伸《あくび》をした。

「パァーパ、おばよぅ」

口を泡立てたまま、双子が安曇野を見上げる。

「おはよう」

安曇野がにこやかに言って屈み込み、双子の頭にチュッチュとキスをした。

昨夜のことがあるだけに、恥ずかしくてまともに顔が見られないかと思ったけれど、いつもと変わらない朝の風景に、羞恥を覚えることもなかった。

「あとは俺がやるよ」

「じゃあ、お願いします」

双子の頭越しに歯ブラシを取り上げた彼に笑顔で頭を下げ、陽希はキッチンに戻っていく。

「パァーパ、コップとってー」

「自分で取れるだろう?」

「ナオキがじゃまでとどかないのー」

「じゃましてないのにー」

「こんなとこで喧嘩するなよ」

賑やかな親子の声が洗面所から聞こえてくる。

まだまだ双子は手がかかりそうで、安曇野の苦労は計り知れない。これまで以上に、彼の役に立ちたいと、陽希は心から思う。

つける。

「急がないと……」

キッチンに戻ってすぐに湯を沸かし直し、フライパンを用意する。

ソーセージに切り込みを入れて、火にかけて温めたフライパンに並べフタをした。

焼いているあいだにクロワッサンを袋から出し、チェック柄のクロスを敷いた籠《かご》に盛りつける。

ソーセージの焼け具合を確認し、鍋に牛乳を満たして温め始め、皿やマグカップを用意する。

彼らはそろそろ着替えを始めたころだろうか。キッチンに現れたときに、テーブルを整えておかなければと、陽希は少し手を早める。

焼けたソーセージを取り出したフライパンを洗い、スクランブルエッグを作って皿に盛りつけ、櫛形《くしがた》に切ったトマトを添えた。

温めた牛乳を子供用のマグカップに注ぎ、珈琲を淹れ始めたところで、楽しそうな声が聞こえてくる。

「なんとか間に合った……」

胸を撫で下ろした陽希は、さっぱりした顔で現れた親子をテーブルに促す。

「早く座ってくださーい。今日はスクランブルエッグとソーセージですからね～」

「わーい、ソーセージー」

歓声をあげた双子が、子供用の椅子によじ登る。

安曇野は二人がきちんと座ったのを見届け、真ん中の椅子に腰かけた。

「はい、どうぞ」

陽希がテーブルに並べた皿に、双子の目が釘付けになる。

「このソーセージ、へーん！」

「変じゃないだろう？　よく見てごらん、なにかに似てないか？」

すぐに気づいてくれた安曇野が言葉をかけると、双子がソーセージを食い入るように見つめた。

「あーっ、プルップーだー」

「そう、タコだよ」

「タコ？」

「プルプは日本語でタコっていうんだ」

「タコだってー」

双子が顔を見合わせて笑う。

ハルキはずいぶん前から、日本語とフランス語が混じらなくなってる。それでも、知らない単語はとうぜんのことながらフランス語になった。

そういったときは、すかさず日本語を教え、覚えさせるようにしている。覚えが早い彼らには何度も教える必要がなく、次からはあたりまえのように日本語を使い始めた。

「どうぞ」

珈琲を満たしたマグカップを安曇野の前に置き、陽希は向かい側の席に座る。

「いただきます」

「いただきまーす」

安曇野に続いて声を揃えた双子が、握り締めているフォークでソーセージを刺す。

「タコー」

しげしげと眺めてから、ぱくっと頬張った。

子供のころに母親が作ってくれたタコウインナーを思い出し、双子のために挑戦してみたのだが、太めのソーセージだったから微妙に可愛くない。

それでも、彼らは喜んでくれた。嬉しそうな二人の笑顔に、次はなにを作ってあげようかと、新たな意欲が湧いてくる。

「ああ、そうだ……」

珈琲を啜《すす》っていた安曇野が、ふと思い出したようにマグカップを下ろす。

「昨日、話そうと思っていて、いろいろあったからすっかり忘れてたよ」

意味ありげな視線を向けてきた彼を、首を傾げて見返した。

「翻訳の仕事だけど、日本語からフランス語に訳すのでよければ紹介できそうなんだけど？」

「本当ですか？」

「ただ、医療メーカーのカタログなんだよね。専門用語が多いから向き不向きがあるかもしれない」

「やります！　専門用語の辞書を探してきますから、やらせてください！」

身を乗り出して大きな声をあげた陽希を、食事に夢中になっていた双子が驚きに目を丸くして見てくる。

「ごめん、驚かせちゃったね。気にしないで食べて」

手を合わせて詫びると、双子たちは小首を傾げながらも食事を再開した。

「安曇野さん、お願いします」

「わかった。一度、会って話しをしたほうがいいだろうから、時間を作ってもらうよ」

「ありがとうございます」

「これが上手くいって、次の仕事に繋がるといいんだけどな」

「頑張ります」

声を弾ませた陽希を見て、安曇野が柔らかに微笑む。

彼は前に仕事先を探してくれると言ったけれど、社交辞令くらいに思ってあまり期待しないようにしていた。

だからこそ、本当に探してくれていたことに驚くとともに、嬉しくてたまらなかった。

「タッキー、なんでうれしそーなのー？」

頬を緩ませて珈琲を飲んでいる陽希を、ハルキが不思議そうに見つめてくる。

「いいことがあったんだよ」

「いいことってなーにー？」

「タッキーがお仕事を始めるかもしれないんだ」

クロワッサンを頬張っていた安曇野が、面倒がることなく子供たちに説明する。

「えーっ、いっしょにいられなくなるのー？」

「そんなのやーだー」

二人が同時にべそをかき始めた。

「やーだー、やーだー」

「タッキーとずっといっしょにいたいー」

フォークを放り出した双子に駄々を捏ねられ、陽希はにわかに焦る。

「僕はどこにもいかないよ。おうちでできる仕事だから、ずっーと一緒だよ」

「ほんとー？」

声を揃えた二人に、大きくうなずいて見せた。

「本当だよ」

「やったー」

双子の顔がパッと明るくなる。

「俺よりタッキーのほうが好きみたいだ」

「そんなことありませんよ。パパのこと好きだよねぇ？」

拗ねた態度の安曇野を笑いながら子供たちに訊ねると、彼らは迷うことなく大きな声をあげた。

「パァーパ、だーいすきー」

その一声に、一瞬にして安曇野の目尻が下がる。

「タッキーも、だーいすきー」

純真な彼らに満面の笑みで言われ、嬉しさが込み上げてきた。

偶然の出会いから、運命が一変した。大袈裟ではなく、本気でそう思っている。

可愛い子供たちと一緒にいられるだけで楽しいのに、憧れのパリで恋が実り、仕事にもありつけそうなのだ。すべてが充実している。他に望むものなどなにもない。

「おまえたち、いい子だなぁ」

両手で双子を抱き寄せた安曇野が、小さな頭に何度もキスをした。

微笑ましい親子の姿に、気持ちが和《やわ》らいでくる。

笑いの絶えない明るい食卓で、陽希はこのうえない幸せに浸りながら、はしゃぐ親子を眺めていた。

おわり

あとがき

みなさまこんにちは、伊郷《いごう》ルウです。

このたびは『ツインズベイビィは今日もご機嫌！』をお手にとってくださり、ありがとうございました。

まるで可愛い双子が主役のような、パリを舞台にした賑やかでハッピーなお話です。

ひとりで子育てに奮闘する美形パパと、留学生のほのぼのラブをお楽しみください。

最後になりますが、イラストを描いてくださったあしか望《のぞむ》先生に、心より御礼申し上げます。お忙しい中、本当にありがとうございました。

二〇一五年　五月

伊郷ルウ

セシル文庫をお買い上げいただき、ありがとうございます。
この本を読んでのご意見・ご感想・ファンレターをお待ちしております。

☆あて先☆
〒154-0002　東京都世田谷区下馬6-15-4
コスミック出版　セシル編集部
「伊郷ルウ先生」「あしか望先生」または「感想」「お問い合わせ」係
→Eメールでも OK!　cecil@cosmicpub.jp

セシル文庫

ツインズベイビィは今日《きょう》もご機嫌《きげん》！

【著者】　伊郷《いごう》ルウ
【発行人】　杉原葉子
【発行】　株式会社コスミック出版
〒154-0002　東京都世田谷区下馬 6-15-4
【お問い合わせ】　-営業部-　TEL 03(5432)7084　FAX 03(5432)7088
-編集部-　TEL 03(5432)7086　FAX 03(5432)7090
【ホームページ】　http://www.cosmicpub.com/
【振替口座】　00110-8-611382
【印刷／製本】　中央精版印刷株式会社

乱丁・落丁本は、小社へ直接お送り下さい。郵送料小社負担にてお取り替え致します。
定価はカバーに表示してあります。